約會大作戰　安可短篇集 5

DATE A LIVE ENCORE 5

U0025865

Kadokawa Fantastic Novels

【約會大專訪　case-1　〈公主〉】

「我看看喔……『因為要建立新的資料庫，去採訪精靈們吧。by琴里』……還是一樣愛使喚人呢。」

士道在一棟奇妙的建築物中，將視線落在手上的紙條，嘆了一口氣。

但也不能裝作沒看見。於是，士道為了採訪精靈們，依照指示開啟第一扇門。

「打擾了……呃，我看看，第一個要訪問的人是——」

下一瞬間，房間深處釋放出黑色的光線，士道的腳邊旋即發生輕微的爆炸。

「嗚哇！」

「——來者何人！」

「咦？咦咦！」

聽見這句話，士道瞪大了雙眼。

這也難怪。因為站在那裡的是兩人初次見面時，不近人情、渾身是刺的十香。

「別用光線射我！」

Q1　**麻煩妳自我介紹一下。**

「名字……嗎？我沒有……那種東西。」

「怎麼沒有，妳不是叫十香嗎……？話說，這句話好耳熟啊……」

「？說什麼莫名其妙的話？」

Q2　**喜歡的東西是？**

「能安靜睡覺的時間。」

「呃，所以是什麼意思？」

「叫你消失的意思。」

「我想也是！」

Q3　**討厭的東西是？**

「人類。」

「還……還真直接呢……」

「我說的就是你。」

Q4　**喜歡什麼類型的男生？**

「不會來招惹我的人。」

「這……這樣啊……」

「說得更具體一點的話，就是不會突然出現問我問題的人。」

「…………」

Q5　**妳會說什麼話來跟喜歡的男生告白？**

「不想死的話，就快給我消失。」

「太嚇人了吧！」

Q6　**最後請發表一句感想。**

「夠了吧。給我消失。」

「不，呃，等一下……」

「〈鏖殺公〉——【最後之劍】。」

「我……我先告辭了——！」

【約會大專訪　case-2　夜刀神十香】

「唉……真是太慘了。」

好不容易從第一個房間死裡逃生的士道將手抵在牆面上，嘆了一大口氣。

「不過，十香她到底是怎麼了啊？好像不記得我了……」

士道納悶地歪了歪頭，還是走向下一扇門。

不知道門的另一邊會存在怎樣的危險人物。他警戒地敲了敲門，然後慢慢打開。

然而，抱持這種覺悟開啟門扉的士道再次將一雙眼睛瞪得老大。

「喔喔，士道！」

「十香！」

沒錯。因為站在眼前的，是士道所熟知的十香。

Q1　**麻煩妳自我介紹一下。**

「嗯！我是夜刀神十香！」

「喔……是平常的十香。那剛才那個到底是……」

「剛才？」

「不，沒有，沒事。」

Q2　**喜歡的東西是？**

「喔喔，我喜歡黃豆粉麵包！」

「對嘛！」

Q3　**討厭的東西是？**

「唔……討厭的食物啊，幾乎沒有耶。」

「並不只侷限於食物啦……啊，不過，妳好像不敢吃梅乾不是嗎？」

「那不是討厭，只是不敢吃而已。沒辦法好好享受得來不易的食物，害我很過意不去呢。總有一天我一定會克服！」

Q4　**喜歡什麼類型的男生？**

「喜歡……是指像喜歡吃黃豆粉麵包那樣嗎？還是指……心裡會癢癢的那種？」

「很……很難判斷呢，妳兩種感覺都有嗎？」

「嗯。前面的那種感覺是對士道，後面的那種感覺……唔……」

「怎麼了？」

「傷腦筋耶……後面那種感覺也是對士道。」

「這……這樣啊……哈哈……」

Q5　**妳會說什麼話來跟喜歡的男生告白？**

「每天早上都幫我煮味噌湯吧！」

「好有男子氣概啊！」

「嗯。這是我在電視上聽到的名言，讓我很感動。」

「呃，是還滿符合妳的個性的啦……啊！」

「唔？你怎麼了，士道？」

「沒有啦……仔細想想，我已經在做這件事了……」

「啊……！」

Q6　**最後請發表一句感想。**

「唔……唔，這樣啊。你已經每天都在幫我煮味噌湯了啊。」

「對……對啊……」

「……士道！」

「喔，我在！什麼事？」

「那個……該怎麼說呢，我會讓你幸福的！」

「咦！啊……好……好的……」

【約會大專訪　case-3　十香（反轉）】

「…………」

士道臉上泛起紅暈，走出第二個房間，搔了搔臉頰後，深呼吸一口氣好和緩內心的悸動。

「好……好了，去下一個房間吧！」

然後發出比剛才稍微有幹勁的聲音，打開下一道門。

「那麼，接下來是……」

然而，士道打開門後，表情又染上驚愕之色，僵直身體呆站在原地。

不過也難怪他會做出這種反應，因為站在眼前的是——

「——怎麼，人類？有何貴幹？」

過去曾經見過的十香的反轉體。

「呃，怎麼又是十香啊！」

Q1　**麻煩妳自我介紹一下。**

「為何我非得報上名號？」

「呃……畢竟是採訪嘛……」

「那你自己先報上名來如何？」

「咦？啊，我是五河士道……」

「是嗎？」

「…………」

「…………」

「咦！不回答嗎！」

Q2　**喜歡的東西是？**

「美乃滋鮪魚飯糰。」

「咦？」

「你不知道嗎？真是無知。」

「呃，我是知道啦……只是該怎麼說呢，我好像以前作夢的時候有聽過……」

Q3　**討厭的東西是？**

「黃豆粉麵包。」

「哦～～原來反轉後的十香討厭吃黃豆粉麵包啊。」

「那種幼稚的食物根本不值一提。那炸得香味四溢的表面和彈牙的麵團，以及包裹住它們的溫和黃豆粉風味……」

「……嗯？妳討厭吃吧？」

Q4　**喜歡什麼類型的男生？**

「坐起來很舒服的男生。」

「坐起來很舒服？」

「對。你跪在那裡試試看。」

「像……像這樣嗎……？」

「對。然後我就像這樣坐上去……啊！」

「咦？剛才那可愛的聲音是……」

「住口。忘了吧。」

Q5　**妳會說什麼話來跟喜歡的男生告白？**

「開心吧。由我來支配你。」

「這……這樣啊……為什麼坐在我的背上講？用這姿勢聽妳這麼說，壓迫感好強啊……」

「少囉嗦。」

Q6　**最後請發表一句感想。**

「肚子餓了，給我去準備吃的。我要吃美乃滋鮪魚飯糰。」

「呃……那我去便利商店買，妳先從我的背上下來好嗎？」

「不准頂嘴（揍！）。」

「好痛！」

ややBIG
ぷっちん
utage
ツナマヨ
おむすび

DATE A LIVE ENCORE 5

CounselingORIGAMI,HolidayREINE,AstraySilver,MurdererSilver,
SnowwarsSPIRIT,DarkmatterSPIRIT

CONTENTS

約會大作戰

安可短篇集 5

橘 公司
Koushi Tachibana

Kadokawa Fantastic Novels

彩頁／內文插畫　つなこ

精靈
THE SPIRIT
存在於鄰界，被指定為特殊災害的生命體。發生原因、存在理由皆為不明。
現身在這個世界時，會引發空間震，給周圍帶來莫大的災害。
再者，其戰鬥能力相當強大。
處置方法1
WAYS OF COPING 1
以武力殲滅精靈。
但是如同上文所述，精靈擁有極高的戰鬥能力，所以這個方法相當難以實現。
處置方法2
WAYS OF COPING 2
——與精靈約會，使她迷戀上自己。
安可短篇集5
DATE A LIVE ENCORE 5
SpiritNo.8
Height 157/155 Three size B79/W56/H81/B90/W61/H86

諮詢大師折紙

CounselingORIGAMI

DATE A LIVE ENCORE 5

來禪高中二年四班的教室裡響起了告知午休到來的鈴聲。

「呼啊……」

同時，坐在窗邊座位的鳶一折紙感受到自己的喉嚨冷不防地打了一個大呵欠。

應該不可能是午休鈴聲誘發了她的睡意吧……也許是因為體認到下課才稍微放鬆了心情。還有就是昨天晚上很晚才睡，以及從窗戶照射進來的溫暖陽光影響甚大吧。

「……！」

過了一會兒，折紙赫然抖了一下肩膀。

雖說是難以抵抗的生理現象，但花樣年華的少女在大庭廣眾之下把嘴張得那麼大，實在是非常不雅觀。折紙摀住嘴巴，四處張望。

所幸全班同學正好遵從口令對老師行禮，似乎沒有人看見她失態的舉動。折紙吐出一口安心的氣息。

白皙的肌膚、一頭「掩蓋住背部的長髮」是這名少女的特徵。她的容貌有如洋娃娃一般端整，「也許是鬆了一口氣的關係，她的嘴角露出一抹微笑」。身上穿著的是「昨天轉學過來」的這所都立來禪高中的制服。

老師離開之後，教室裡立刻響起嘈雜的聲音。因為所有人都收起教科書和筆記本，開始準備吃午餐。

「我……也來吃午餐好了。」

折紙輕聲低喃，從書包裡拿出便當盒。由於她轉學過來才第二天，還沒有交到能一起吃午餐的朋友。有幾名同班同學對折紙投以關切的眼神，但似乎彼此互相牽制，並沒有要向折紙攀談的樣子。

但折紙也不好意思主動開口攀談。這時應該快點吃完午餐消除這股尷尬的氣氛才是上策吧。折紙如此判斷後，撫上便當盒的蓋子。

就在這個時候——

她的眼角餘光捕捉到一名男學生的身影，因此停下手。

他是坐在折紙隔壁的少年——五河士道。中性的五官、溫柔的雙眸。他也跟折紙一樣，拿出便當盒放到桌上。

「…………」

折紙見狀後，心臟怦通地跳了一下。

會在意他的理由極為單純。

因為他，五河士道昨天——也就是折紙剛轉學到這裡的那一天，把她叫到四下無人的地方，還要她跟他約會。折紙昨晚之所以會熬夜，無非是在思考如何傳簡訊回覆他。

不知為何，明明是第一次交談的對象，折紙卻無法拒絕他的邀約。不——不僅如此，她甚至還有點期待跟他約會。面對至今從未感受過的感覺，折紙隱藏不住內心的困惑。

——他都邀請自己跟他約會了，如果現在出聲攀談，他搞不好會跟自己一起吃午餐……折紙的腦海掠過這種想法。

折紙下定決心後，慢慢面向士道，正要開啟雙唇——

然而，就在這一瞬間——

「——鳶一同學！」

一名少女插進折紙和士道之間，妨礙折紙說話。向上盤起的髮型，將制服穿得很隨性。她是同班同學山吹亞衣。

「什……什麼事！」

事出突然，折紙發出高八度的驚愕聲。不過，亞衣並不在意。她拉起折紙的手後，一副感動萬分的樣子用力甩動折紙的手。

「謝謝妳！真的很感謝妳……！」

「咦……？咦……？」

折紙露出目瞪口呆的表情後，亞衣的身後便冒出兩名少女的臉。記得她們是亞衣的朋友，葉櫻麻衣和藤袴美衣。

「亞衣，我明白妳很高興，但妳冷靜一點啦～～」

「就是說啊，妳嚇到鳶一同學了啦！」

兩人說完望向折紙。

「抱歉喔，鳶一同學。因為亞衣她聽了妳的建議後，終於定下了初次約會。」

「是啊。倒是她到現在一次也還沒跟岸和田同學約會過才令人驚訝呢。」

「咦……？」

折紙瞪大雙眼後，輕聲低喃了一聲：「啊。」

當天早上，折紙來到學校後，發現教室正中央有一群人散發出陰鬱的氣息。

一名少女抱著頭趴在桌上，而兩名少女正一臉為難地看著她。她們是二年四班的手帕交三人組，亞衣、麻衣和美衣。雖然折紙昨天才剛轉學過來，但她們是好奇地詢問她各種問題的同班同學之中最充滿活力的三人，因此折紙早已記住她們的名字。

如此活力四射的其中一人亞衣卻一反昨日朝氣蓬勃的模樣，意志消沉，令折紙有點在意。

「……沒戲唱了，結束了。我的戀情化為虛幻的海上泡沫，消失不見了……」

「亞衣妳真是的。只不過是邀他約會被拒絕而已，有必要那麼沮喪嗎？」

「話說，岸和田同學從外表看來就是個文科草食男啊，妳為什麼偏偏約他去看什麼重金屬樂團的演唱會啦。」

「因……因為……雜誌上的占卜是這麼寫的嘛……」

亞衣雙手摀住臉龐放聲大哭。麻衣和美衣面面相覷，不知所措。

「別擔心啦，他也不是因為討厭妳才拒絕的吧？」

「就是說啊。妳換個約會地點再約他一次看看嘛。」

「……要約他去哪裡才好啊？」

「咦？這個嘛……唔，約他去車站前逛街如何？」

「……上個星期被他拒絕了。」

「那……那麼……遊樂園呢！」

「……上上個星期被他拒絕了。」

「唔……」

麻衣和美衣低頭沉思。於是亞衣哀嘆得更大聲了。

「…………」

雖然覺得她們好像很頭痛，但這似乎也不是折紙該插嘴多管閒事的問題。折紙打算安靜地經過亞衣的身後，避免打擾到她們三人。

然而就在這一瞬間，亞衣猛然抬起上半身，直接拱起身體做出像拱橋的姿勢，阻擋住折紙的去路。

「鳶一同學……」

「呀！」

由於事發突然，折紙發出輕聲尖叫。不過，亞衣絲毫不在意，依然一臉無精打采地接著說：

「……想必我們的神聖萬人迷美少女鳶一同學經驗一定非常豐富吧。能否將您滿溢的知識傳授給我這個可憐沒人愛的女子？」

「咦？不，妳過獎了。」

「鳶一同學，如果妳要約喜歡的男生去約會……會約他去哪裡？」

亞衣自顧自地問道。折紙一臉困惑地看著麻衣和美衣的臉。不過……兩人卻露出「請為這隻迷途羔羊指引方向吧」這樣充滿慈愛與懇求的表情，在這種氣氛下，折紙不得不回答。

「我……我想想…………圖書館之類的吧……？」

「…………！」

亞衣一聽見折紙的回答，就像上了發條的玩具般彈起身子說：

「山吹亞衣……立刻執行。」

她露出誠摯的表情，一邊如此說道一邊敬禮。

麻衣和美衣也一本正經地回以敬禮。

折紙感覺自己也必須有樣學樣，於是改用左手拿書包，也朝亞衣敬禮。

「……啊……」

折紙額頭冒出汗水，瞇起眼睛。

——這麼說來，的確有這麼一回事。

「約……約成功了嗎？真是太好了。」

折紙被亞衣的氣勢所震懾，儘管不知所措，還是如此說道。於是，亞衣熱淚盈眶地接著說：

「真——的——非常謝謝妳！不愧是戀愛大師鳶一同學！聽說妳在之前的學校有粉絲團，看來是真的吧！」

「咦！」

聽見亞衣說的話，折紙瞪大了雙眼。緊接著，麻衣和美衣也交抱雙臂，點頭認同。

「的確，竟然能讓那個晚熟的岸和田同學一次就答應邀約，不愧是號稱實習老師殺手的鳶一折紙小姐，給的意見非常實用。真不想跟妳作對呢～～」

「等一下……！」

「聽說妳在之前的學校把包括有女朋友的男生全都迷得神魂顛倒，讓女性恨不得殺了妳，妳迫不得已只好轉學，對吧？唷！折紙人氣王傳說！」

「不，那個……」

亞衣、麻衣、美衣大聲敘述折紙的英勇事蹟。順帶一提，那個消息來源不明的傳聞完全是一派胡言。折紙別說是戀愛大師了，根本沒交過男朋友。

不過，同班同學們不可能判斷出這種事情。聽見亞衣、麻衣、美衣三人的大嗓門後，學生們紛紛轉過頭來，超級不負責任地認同道：「是喔。」「原來是這樣啊。」「她看起來的確很受歡迎的樣子呢。」

折紙瞥了一眼隔壁的座位——士道的方向。不知為何，在眾多的同學當中，她尤其不希望士道對她有這類的誤解。

「妳……妳們別亂說，才沒有這種事……」

「那個，鳶一同學。」

就在折紙正打算抗議時，背後傳來這樣的聲音。回過頭望去，發現是一名把頭髮整個往後梳乾淨綁起來的女學生，紅著臉頰站在那裡。

「什……什麼事？」

折紙詢問後，女學生便下定決心似的接著說：

「我……我也可以請教妳一些問題嗎？我有喜歡的人，但不知道該怎麼主動跟他說話！」

「咦咦？」

「請妳務必給我一些建議！」

面對突如其來的請求，折紙儘管不知所措，還是接著回答：

「……呃，那個，我覺得坦率面對對方是很重要的事，所以就順從妳的心意，果斷地……」

「我知道了！」

女學生如此說完，便神色緊張地走向在教室角落觀看一連串騷動的男學生身邊。

「那個……事情就是這樣。」

「咦？啊……唔，嗯。」

男學生被當場的氣氛沖昏頭，點頭答應了女學生。

瞬間，整間教室充滿「喔喔喔喔喔喔喔喔喔喔喔！」這種喧鬧歡呼聲。

「喂、喂，真的假的啊。」「超級有用的建議……」「不愧是女郎蜘蛛鳶一……」四周開始如此竊竊私語，甚至還幫折紙取了新的別稱。

結果，折紙意外幫這對情侶牽線成功的事情似乎觸動了數名學生的意欲，他們的眼神散發出閃耀的光彩，宛如在表達——自己也想聽取折紙的戀愛建議。

「那……那個……」

接收到大家充滿期待的視線，折紙甚至忘記辯解，說話語無倫次。

於是，原本握著折紙手的亞衣猛然阻擋在折紙前面，阻斷所有人的視線。

「好了，不可以這樣喔，各位。你們嚇到鳶一同學了。」

「山……山吹同學。」

折紙以為亞衣要替她解圍，鬆了一口氣。然而——

「一個一個來諮詢！我會把靠近內側的空房間當作諮詢室，順序看要用猜拳還是什麼的來公平決定！」

聽見亞衣露出燦爛笑容說出的話語，折紙一臉愕然。

◇

結果，在亞衣、麻衣、美衣的帶頭之下，真的在校舍邊間空教室裡設置了一個臨時的鳶一戀愛諮詢室。

空教室的一角擺放了兩把面對面的椅子，製造出宛如諮詢室的空間。折紙理所當然被半強迫地安排坐在上座。

「……我還沒有吃飯耶。」

「沒關係，我們也還沒吃！」

「可是啊，身為一同學，大家需要妳的意見！」

「人類只要攝取感動就能活下去！」

折紙低聲抱怨後，三人便露出親切無比的神情，說出有如黑心企業的話。

「好了好了，我還有在社群網站上幫妳宣傳喔！」

「竟……竟然還幫我宣傳！」

「這種事情氣氛是很重要的，氣氛。光是有人聚集就夠引人注目了，對吧？」

「那個，我根本不想引人注目耶……」

折紙臉頰流下汗水，瞇起眼睛表示無奈。光是要應付班上同學就已經夠頭疼了，經過一番宣傳，可能會來更多人。

「別擔心、別擔心。這則消息再怎麼多人轉發，也只限這個學校而已，來諮詢的人只會是學生啦。」

「不過，如果有人偷偷潛進學校，還喬裝成學生，那就另當別論了。」

「不惜做到這種地步也要來諮詢的人，我們倒是非常歡迎喔。」

說完，三人同時發出笑聲。

……總覺得說什麼她們也聽不進去。折紙唉聲嘆了一大口氣。

「鳶……鳶一大師！第一位諮詢者來了，麻煩您！」

「好……好的……」

折紙沒幹勁地如此回答後，空教室的門同時打了開來，走進一名頭髮用髮蠟抓成刺蝟頭的男學生。

「一號！二年四班，殿町宏人！請多多指教！」

他精神百倍地打完招呼後，在折紙對面的位子坐下，呼吸莫名急促。

「好了、好了，你冷靜一點、冷靜一點。」

「第一個是殿町同學喔……」

「所以呢，你要諮詢什麼問題？」

亞衣、麻衣、美衣開口安撫殿町，站到折紙身邊。

於是，殿町用力握住拳頭後，熱情地說了：

「其實我有一個死黨……」

「死黨……嗎？」

折紙嚥了一口口水回答。瞧他正經八百的模樣，雖然不知道他到底要諮詢什麼問題，但對方一定是他很重視的朋友吧。

折紙被殿町的氣勢所震懾，端正自己的姿勢。搞不好他喜歡上了那個死黨。要是殿町詢問這種問題，折紙究竟該如何回答才好？

雖然完全沒幹勁，而且還是因為一連串的誤打誤撞而被拱上諮詢師的位子，但諮詢者的態度十分認真，她可不能敷衍了事。即使只是自己能力所及的範圍也必須好好回答對方，這才是最基本的禮儀吧。

折紙靜待殿町說出他的煩惱，結果殿町突然瞪大雙眼。

「我們兩個一直都沒有女朋友，但是那傢伙最近卻受到一堆女孩子喜歡……！請告訴我，我到底該怎麼做才能像他一樣有異性緣！」

「…………喔，是這樣啊。」

虧折紙還事先做好了心理準備，結果他的煩惱還挺庸俗的。折紙感覺一道汗水從自己的臉頰滴落。

「其實啊，我也不是想抱怨啦，就是覺得為什麼我們之間的差異會突然這麼明顯。直到去年為止，會討論我們的女生頂多也只有對配對很講究的腐女而已！」

「……呃……」

折紙有些不知所措地皺起眉頭，搔了搔臉頰。既然對方連這種問題都特地來尋求折紙的幫助，折紙也不能辜負對方。

「這個嘛……那麼你就試著找找看你那個死黨有，而你卻沒有的東西是什麼……你覺得這個辦法如何？」

「那傢伙有，而我卻沒有的東西……唔……」

殿町低吟片刻後，可能是想到了，便捶打了一下手心。

「對了！他有可愛的妹妹！」

「……什麼？」

聽見殿町說的話，折紙目瞪口呆。

「那傢伙有個讀國中的妹妹，長得很可愛！啊……該不會那傢伙因為妹妹長大了，兄妹倆就一起做了許多羞羞臉的事情吧……！原來如此，那傢伙最近開始散發出來的現充感，根源就是來自妹妹的存在！然後藉此產生大人的從容感！原來這就是他受女生歡迎的祕訣啊！」

「呃……」

「謝謝妳！解開了我的疑惑！我立刻就去拜託老爸跟老媽給我生一個妹妹！」

殿町發出開朗的聲音如此說完，便從椅子上跳起來，直接衝出空教室。

「……那樣好嗎？」

等殿町的背影消失在眼前，折紙如此低喃。亞衣、麻衣、美衣盤起手臂發出思考的低吟聲。

「應該沒關係吧？」

「反正本來就是個模稜兩可的問題嘛。」

「嗯、嗯，頂多就是殿町家在吃飯時氣氛會尷尬個幾天吧。」

三人不負責任地如此笑道。

「好了，請下一個人進來吧。」

麻衣重新打起精神，呼喚下一位諮詢者。

於是，這次換一名戴著眼鏡的嬌小女性走進教室。

「請多指教……」

女性一臉難為情地如此說道，接著點了一下頭。折紙看見她的臉後，瞪大了雙眼。這也難怪。因為站在眼前的並非學生，而是二年四班的班導岡峰珠惠老師，通稱小珠。

「老……老師，妳怎麼來了？」

「沒有啦，就經過教室的時候被學生抓住，說我才應該來諮詢……」

小珠說完「啊哈哈」地發出苦笑。不過，並排站在折紙旁邊的亞衣、麻衣、美衣卻只能露出哭笑不得的尷尬表情。

……說到這裡，折紙昨天才聽她們三人說過，小珠老師二十九歲了卻還沒有結婚，也沒有男朋友。

「…………」

折紙緊張得嚥了一口口水。老實說，折紙覺得諮詢的對象是老師，這責任未免太過重大。

「總……總之，請說出妳的煩惱吧。」

「呃，這個嘛……」

小珠老師一副難以啟齒的樣子瞥了亞衣、麻衣、美衣三人一眼。

三人歪了歪頭感到納悶，數秒後便像是察覺到小珠的意圖似的點了點頭表示明白。

「該不會是我們在場，妳不方便說吧？」

「請妳稍等～～」

「我們回避一下～～」

說完，三人走向房間內側，面向後方，摀住耳朵。

小珠見狀後，壓低聲音訴說：

「那個，我希望妳不要告訴別人……」

「好……好的。」

「其實，今年四月……有人向我求婚了。」

聽見小珠說的話，折紙瞪大了雙眼。

「咦！是這樣嗎？恭喜您，對方是什麼樣的人呢？」

折紙詢問後，小珠苦惱地低吟了一會兒，在折紙的耳邊輕聲說道：

「我不能說得太詳細，但對方其實是……這所學校的學生。」

「咦咦！」

聽見這意想不到的祕密，折紙不由得發出驚愕的聲音。看來就算是摀住耳朵也還是聽得見，只見亞衣、麻衣、美衣的肩膀抖了一下。

「噓！噓！」

小珠慌張地豎起食指。折紙感到歉疚地低下頭，繼續輕聲說道：

「這……這是真的嗎？」

「是啊，算是真的……」

「那麼，老師妳覺得……那個人怎麼樣呢？」

「唔……這個嘛，我個人覺得他將來應該會滿有前途的……有責任感又會照顧人，聽說廚藝也很精湛。」

「這……這樣啊，雖然愛情無關年齡……但最好還是等對方畢業之後……」

折紙這麼說完，小珠便「啊哈哈」地苦笑。

「話是這麼說沒錯啦……但其實還有後續。」

「後續？」

「對……不過，可能是我反應太激烈了，最後他留下一句『還沒有那方面的覺悟』就逃跑了……之後的七個月，我們沒有任何進展。果然已經沒希望了吧……」

小珠說完望向遠方。折紙用力搖了搖頭回答：

「搞……搞不好那個人也只是錯過跟妳說話的時機而已。如果真的沒希望了也沒關係，我認為還是應該再跟他好好談談。」

折紙說完後，小珠露出豁然開朗的表情。

「是……是這樣嗎？」

「就是這樣。請拿出自信來！」

「謝謝妳！我……再去問他一次！」

小珠眼神散發出耀眼的光芒，離開了教室。

可能是感覺到小珠不在了，亞衣、麻衣、美衣轉身面向折紙。

「啊，結束了嗎？」

「小珠找妳商量什麼煩惱？」

「呃，問這個的話，我們摀住耳朵還有什麼意義啊！」

說完，亞衣、麻衣、美衣哈哈大笑。折紙也不知道該如何回答，皮笑肉不笑地敷衍過去。

「唔，可以進去了嗎？」

就在這時，小珠離開時關上的門正好打了開來，下一位諮詢者走進房間。

「————」

折紙看見那身影後，瞬間啞然無言。

不過，也難怪她會做出這種反應。因為出現在她眼前的是一名擁有一頭漆黑長髮及水晶眼瞳，美得不可方物的美少女。

「咦，十香也有什麼煩惱想商量嗎？」

「……嗯。」

麻衣呼喚少女的名字後，少女——折紙的同班同學夜刀神十香便點了點頭，坐在椅子上。記得她是坐在士道右邊的女同學。總覺得她的容貌跟折紙以前隸屬對抗精靈部隊AST時，在戰場上遇見的精靈十分相似——不過，精靈怎麼可能來上學嘛，應該只是長得很像的其他人吧。

「我聽說這裡會給人適當的建言。妳是……」

「啊，我是鳶一，鳶一折紙。」

「唔，是叫這個名字來著。麻煩妳了，鳶一折紙。」

她是一名說話方式有點古風的少女。不過，這種奇怪的語氣似乎也與她可愛的容貌相輔相成，散發出一種獨特的魅力。

「所以，妳要商量的煩惱是什麼？果然還是跟五河同學有關嗎？」

「咦——？」

聽見美衣說的話後，發出聲音的人並非十香，而是折紙。因為她萬萬沒想到會在這個時候冒出士道的名字。

「唔？怎麼了嗎？」

「啊，沒事……話說，五河同學怎麼了嗎？」

「嗯……其實從前天開始，士道感覺就有點不對勁。有什麼能讓人打起精神的方法嗎？」

十香說完，有些不安地將眉毛皺成八字形。

折紙將手抵在下巴，發出低吟。光憑感覺不對勁，很難推測出原因，因此也沒辦法提出精準的解決辦法。

不過，折紙這時突然察覺到。

現在自己在意的與其說是能否給予十香適當的建言——倒不如說是在意這名少女與五河士道究竟是什麼關係。

「……不行、不行。」

折紙甩了甩頭，甩掉腦海裡浮現的雜念。這名少女跟士道是什麼關係，都不關折紙的事。士道的確邀請折紙和他約會，但又不是面對面要求她跟他交往。再說，也許只是折紙擅自以為那個邀約是約會，但其實只是對方有什麼事要找自己談罷了。

所以，沒關係——就算這名少女是士道的戀人也無所謂。

「唔……妳還好嗎？」

折紙一語不發，於是十香一臉擔憂地探頭望向她。折紙連忙揮了揮手，乾咳了一下，好讓自己的心情鎮靜下來。

總之，折紙能做的就是跟這名一臉不安的少女說話，讓她多少能夠安心。折紙再次望向十香的臉。

她的面容可愛得令人認為就連全能的造物主肯定也花了不少心思建構她的容貌，甚至連身為同性的折紙都在一瞬間被她的外貌吸引。那麼青春期的男生肯定光是被她凝視，就會情不自禁地愛上她吧。

所以，折紙自信滿滿地點了點頭。

——請相信他，用溫柔的話語鼓勵他。這一定是最好的方法。

折紙在腦海裡描繪著這樣的回答，發出聲音：

「————，————」

結果，亞衣、麻衣、美衣瞬間「嗯？」地歪了歪頭後，露出納悶的神情望向折紙。

折紙見狀，這次反倒換她感到疑惑。自己剛才說了什麼奇怪的話嗎？

「真的嗎?這樣士道就會打起精神了嗎?」

「是啊,當然。相信妳自己吧。」

「我知道了!感激不盡!」

十香精神奕奕地如此說完,突然解開身上穿著的西裝外套的釦子,拉起衣領直接蓋在頭上,就像超人力霸王裡面的怪獸一樣。

「那麼,我走了!」

然後以這副模樣衝出房間。

折紙目送她離開後,嘟囔了一句:

「……她最後為什麼要做出那種舉動啊?」

「……!」

聽見折紙的低喃聲,亞衣、麻衣、美衣露出驚愕的表情。然而,折紙卻不怎麼明白為何她們三人要這麼驚訝。難道……直接穿著外套,拉起衣領蓋在頭上,在這所學校是很平常的事嗎?

正當折紙不解地如此思考時,房間的門打開來,疑似下一組諮詢者的兩名少女走了進來。

「哦?莫非汝就是傳說中的轉學生嗎?」

「諮詢。請多指教。」

兩名少女說話的口吻比十香還要獨特,不知為何,還擺出非常帥氣的姿勢。

並肩站著的兩名少女似乎是雙胞胎，長相如出一轍，頂多只能從她們的表情、髮型，還有體型來區分。

「呃……妳們是……」

「呵，好問題。本宮是八舞耶俱矢，橫掃萬象的颶風皇女。」

「問候。我是八舞夕弦，和耶俱矢一起讀二年三班。」

聽見夕弦的說明，折紙點了點頭表示了解。難怪自己對她們兩人的長相沒有印象。個性如此獨特的雙胞胎，想必見過一次就會留下深刻的印象。看來果然和折紙不同班。

不過，這時折紙心中又湧現另一種戰慄感。正如折紙所擔心的，在二年四班教室裡發生的騷動似乎因為亞衣發布的消息，已經散播到其他班級。

今天可能沒辦法吃午餐了。折紙發出輕聲呻吟。

「汝在做什麼？聽說汝是有名的占術師，本宮才特地來到這裡的。快點幫本宮占卜。」

耶俱矢如此催促。聽見這句話，折紙瞪大雙眼回答：「咦？」

「占術……是指占卜嗎？我不會耶……」

「什麼？真是奇怪呢。本宮確實是聽說汝會指示出照亮漆黑現代的光明道路啊。」

「首肯。上面寫著『百發百中！折紙大師的心靈小站』。」

「我……我不知道！這是什麼可疑的標語啊！」

折紙忍不住大喊。不過，這件事在折紙背後越滾越大了。
「哼，也罷。那麼，這裡是什麼樣的場所？」
「啊……這裡是向身經百戰的鳶一同學諮詢戀愛的房間。」
亞衣回答耶俱矢提出的疑問。結果，耶俱矢一聽見這句話，耳朵就抖了一下。
「戀愛……哼，原來如此啊。一群愚民聚集在一起，本宮還以為發生了什麼事呢。無聊透頂。回去吧，夕弦。」
耶俱矢說完，用鼻子哼了一聲，打算轉身離開。
然而下一瞬間，夕弦卻一把抓住耶俱矢的手臂阻止她離開。
「汝……汝做什麼！」
「制止。話說，妳說這裡是戀愛諮詢室吧？」
「是……是的……」
「諮詢。其實這個耶俱矢明明有喜歡的對象，卻老是不坦率。有沒有什麼辦法可以解決？」
「等……等一下，妳在說什麼啊，夕弦！」
聽見夕弦說的話，耶俱矢滿臉通紅大喊。不是像剛才那種裝腔作勢的口吻，而是普通女孩的說話方式。
「請求。請快點回答。」

「喂……我才不需要諮詢這種事情！」

耶俱矢大聲吶喊，並且開始與夕弦推來推去。折紙見狀，苦笑著高聲說道：

「呃……那麼，就像剛才一樣，由夕弦同學妳來代替耶俱矢同學發言不就好了嗎……？」

「妳……妳在說什麼啊，混帳！要是交給夕弦說，她肯定會擅自說一些有的沒有的事情啊啊啊啊啊啊！」

「提問。具體而言，該說些什麼才好呢？」

「咦？這個嘛……比如說，耶俱矢很在意你喔……這類的話？」

「什麼……！」

折紙說完後，耶俱矢的臉蛋更紅了。可能是想衝上前揪住折紙，只見她胡亂揮舞手腳。

不過，耶俱矢的身體完全被夕弦束縛住了。夕弦一本正經地凝視著折紙。

「——失望。太籠統了。」

然後瞇起眼睛這麼說了。

「咦？」

「要求。我想要的不是這種理所當然的回答。請教夕弦更露骨、甜膩，光聽就令人按捺不住，淫穢的表白話語。」

「就……就算妳這麼說……我也沒辦法。」

「否定。不，妳應該有辦法。雖然不知道為什麼，但夕弦十分確定。」

「我想不出來……」

「燃燒。為什麼妳要就此放棄？要更熱情才是。」

「那……那麼……我喜歡你……這類的話如何？」

「要求。再更露骨一點。」

「……蹂躪我吧……這樣呢？」

折紙臉頰泛紅，有些猶豫地如此低喃。然而，夕弦還是不滿意，催促著要她再想一句。順帶一提，耶俱矢被夕弦摀住嘴巴，「嗯！嗯！」地發出低吟。

看來模稜兩可的回答是無法讓夕弦滿意的吧。折紙沉思了一會兒後，將嘴巴湊近夕弦的耳朵，嘰嘰咕咕地描述具體的例子。

「…………！驚愕。」

於是，夕弦兩顆眼睛瞪得跟牛眼一樣大，立刻放開被她束縛住的耶俱矢，跪倒在地。

「敬畏。夕弦果然沒有看錯人。可以稱呼妳為折紙大師嗎？」

「喔……請……請便……」

折紙冒著汗水回答後，夕弦便一臉滿足地點點頭，再次牽起耶俱矢的手，邁步離開。

「步行。走吧，耶俱矢。聽到那種話，男生一定會立刻拜倒在妳的石榴裙下。」

「什麼！折紙跟妳說了什麼，告訴我！」

「祕密。到時候就知道了。」

「不……不要啊啊啊啊啊啊！」

夕弦拖著拚命抵抗的耶俱矢走出房間。

之後的幾秒，房間內一片沉默。

「該怎麼說呢……真是一對個性鮮明的雙胞胎呢。」

亞衣冒出這句話。麻衣、美衣和折紙也點了點頭表示同意。

就在這個時候——

走廊的方向響起「啪躂啪躂啪躂！」的激烈腳步聲，下一瞬間，房間的門被人一把打開。

一名女學生氣喘吁吁地走了進來。

看見她的臉後，折紙的臉龐染上驚愕之色。因為出現在那裡的，是剛才前來諮詢的少女——十香……但不知為何，她的頭髮和衣服到處都黏著小樹枝和樹葉，全身沾滿了灰塵。

「這是怎麼回事！我照妳說的去做，結果士道反而露出更擔心的表情了！」

「咦……咦咦！」

折紙不由自主地大喊。但那與其說是對十香說的話產生的反應，還不如說是因為看見她的模樣而吃驚。

「妳……妳怎麼會弄成這樣啊？」

「妳在說什麼！還不是因為妳說：『——五河同學一定是被邪氣入侵，若是放著不管就大事不妙了。必須立刻除魔。把西裝外套蓋到頭上，模仿賈米拉在他的面前快速折返跳，然後直接跳出教室的窗戶。』我才會搞成這樣啊！」

「我怎麼可能說出那種話啊！」

折紙大叫後，亞衣、麻衣、美衣同時露出錯愕的表情。

不過，十香並不在意三人的反應，用力搖了搖頭接著說：

「總之！告訴我激勵士道的方法！到底要怎麼做，士道才會打起精神！」

「我……我知道了。那麼，這個手段有點大膽……」

折紙輕聲乾咳了一下後，開始運轉腦袋。

她記得以前曾在網路上看到，人只要被擁抱就會感到安心，事實上腦內也的確會分泌讓精神安定的荷爾蒙。這個方法肯定不會出錯了吧，況且對象是像十香這樣的美少女，效果一定更好。

不過這裡是學校，她跟五河士道都是學生，必須避免提出助長不純潔異性交友關係的建議。效果可能會打折扣，但稍微溫和一點比較保險吧。

——請握著他的手，告訴他一切都會順利的。

折紙在心中決定回答後，開啟雙脣：

「他露出更擔心的表情……就是附在他身上的惡魔感到痛苦的證據。必須再加把勁。這次請試著下腰在他四周繞圈，然後一邊唱JIGSAW的《Sky High》，從頂樓跳到游泳池裡。」

接著再次露出溫柔的笑容，說出這樣的話語。

「……咦！」

於是，亞衣、麻衣、美衣又再次露出大感意外的表情。

「這次真的有用吧！士道會因此打起精神吧！」

「當然！這次肯定沒問題！」

「我知道了！我立刻去執行！」

十香用力點了點頭，走出房間，四周散落一地細小的枝葉。

「那……那個，鳶一同學？」

麻衣臉頰流下汗水詢問。

「什麼事？」

「為什麼只有給十香的意見，該怎麼說呢，是那樣子的啊？」

聽見麻衣說的話，折紙眼神有些飄忽不定。果然……連握手都太超過了嗎？

「果然太刺激了吧？」
「刺激……就這層意義而言，確實是無比刺激。」
「嗯，畢竟現在已經十一月了……」
「天氣這麼冷，應該會很難受吧……」
三人苦著一張臉。折紙歪了歪頭。總覺得牛頭不對馬嘴。
「咦？正因為天氣寒冷，才更有效果吧？」
聽見折紙說的話，亞衣、麻衣、美衣露出戰慄的表情。折紙不明白三人為何如此驚恐，一臉困惑地皺起眉頭。
就在這個時候，門再次開啟，一名疑似諮詢者的人影走了進來。
「啊，請進。歡迎——」
察覺到人影的亞衣話說到一半，就此打住。
不過，這也難怪。因為站在那裡的是一名戴著墨鏡和口罩遮住臉孔，可疑至極的長髮男子。身高應該超過一百八十公分吧。雖然身上穿著來禪高中的制服，但長度明顯不夠長。該怎麼說呢，看起來不太像高中生。
「呃，那個……你是來諮詢的人……嗎？」
「是的。我在社群網站上得知這間諮詢室的事，就忍不住跑來了。」

「你是這裡的學生……吧？」

「哈哈哈，那是當然的啊。妳看我這身制……」

話還沒說完，男子穿著的制服肩膀部分就「啪哩」一聲裂開了。

「哎呀，真是不好意思。現在〈佛拉克西納斯〉喬裝用的制服只有這個尺寸——不是，我突然抽高了。」

「喬裝用！你剛才說是喬裝用！」

即使麻衣大喊，男子也絲毫不介意，在折紙對面的椅子坐下。這次換褲子的屁股部分發出撕裂聲。

「…………」

這名男子顯然很可疑，但本人都說自己是諮詢者了，她也不好拒絕。況且，要是冷漠敷衍地對待他，到時候他大吵大鬧可就麻煩了。折紙決定先傾聽他的煩惱。

「呃……那麼，可以先請問你叫什麼名字嗎？」

折紙詢問後，男子便將手擱在下巴做出思考的模樣。

「嗯……這個嘛，基於一些理由，我不能說出我的本名，所以就請妳稱呼我為〈October恭平〉吧。」

「…………」

怎麼想都很可疑。

「所……所以……〈October恭平〉先生，你要諮詢什麼問題……？」

「其實，最近司令不像以前那樣常給我『獎勵』了。我該怎麼辦才好？」

「司令……？」

「對。啊，請放心。雖說是司令，但對方是個國中女生。我可沒有被中年男子虐待而感到開心的特殊癖好。啊，但如果是適合穿女裝的少年，我倒是可以接受。」

「…………」

可疑到了極點。

「所以，你說的『獎勵』是……？」

「以前我只要說話語氣稍微狂妄一點，或是做出惹司令看不順眼的動作，她就會用腳踩我、踢我屁股，或是用加倍佳糖果棒戳我眼睛，但最近可能是習慣我的言行舉止了吧，感覺她反應有點遲鈍。」

「咦……呃，雖然有許多令人在意的地方，但那些行為算『獎勵』嗎？」

「啊，真是失敬了。在這裡的流派是怎麼稱呼的？『樂事』？『聖者的贈禮』？還是『美好的某些事』？」

「…………」

這可疑程度簡直可榮獲國際品質評鑑最高榮譽金賞。

他提出的問題不僅莫名其妙，而且感覺還慢慢在靠近折紙。折紙額頭冒出汗水，臉上浮現僵硬的笑容。

「這……這樣啊……因為我不了解那位司令的事情，所以不知道具體來說該怎麼做，但是……我想只能做些惹她不開心的事了吧？」

折紙說完後，男子盤起胳膊低吟。

「果然只能徹底貫徹最基本的做法了嗎？我想到一個新點子，可以請妳幫我看看嗎？」

「咦？喔，好……」

折紙像是被男子的氣勢所震懾，點了點頭後，男子便誇張地向她敬了一個禮。

「感謝妳。那麼，我要開始了。〈October恭平〉的模仿司令小短劇！」

男子說完，從制服口袋拿出黑色緞帶，手腳俐落地將長髮綁成雙馬尾，隨後挺起胸膛，自大地翹起腳。接著又從口袋拿出一根棒棒糖，含在嘴裡，上下晃動。

「所以說，為什麼這種事情都做不到？你是笨蛋嗎？找死嗎？」

然後發出莫名高亢的假音，一臉萬分嫌棄地說出這種話。

「…………呃……」

「怎麼樣？有覺得火大嗎？」

折紙根本不認識那位「司令」，所以也不知道他模仿得像不像，但他想要惹怒對方的意圖十分明顯。折紙臉頰抽搐，思考著該如何回答。

「這……這個嘛……我想本人看到的話，應該會很生氣吧……」

「真的嗎！既然如此！」

男子有些興奮地說完，從椅子上站起來，朝折紙翹起屁股。裂開的褲子隙縫中露出愛心圖案的四角內褲。

「別客氣，儘管打吧！」

「咦……咦！」

正當折紙不知所措時，男子又一點一點地將他的屁股靠近折紙。

「用手或是用腳，要不然用武器也行！」

「那……那個……我……」

「來吧！來吧！」

男子呼吸急促地將屁股逼近折紙，就在這個時候——

「——找到了！在這個房間！」

走廊突然傳來這樣的聲音。

下一瞬間，兩名體格精壯的體育老師闖進教室。〈October恭平〉看見他們後，發出「嘖」的

一聲咂了嘴。

「已經找到我了啊。很遺憾，你們不是我的菜！等你們變成美少女後再來找我吧！不滿B罩杯更好！」

「可疑人物，你在說什麼莫名其妙的話！」

「咦……？咦咦……！」

正當折紙目瞪口呆時，〈October恭平〉猛然豎起兩根手指。

「呵，很遺憾，看來只能到此為止了。Adios amigo，see you again！」

〈October恭平〉如此說完便華麗地縱身跳到房間窗外。

下一瞬間，響起「喀沙喀沙喀沙！」有東西掉到草叢的聲音，以及「啊啊啊啊啊啊啊！」的陶醉叫聲。

「怎……怎麼會有這種人啊。」

「快點！去下面！」

兩名體育老師臉上浮現戰慄的表情，但還是離開教室追逐男子。

留在教室的折紙和亞衣、麻衣、美衣傻眼了一陣子後，面面相覷，露出乾笑。

「剛才……到……到底是怎麼回事啊……」

「不……不知道呢……」

看來他果然不是這裡的學生……如此一來，他究竟是誰又來自哪裡呢？謎團只是越來越深。

然而，她們並沒有一直呆愣下去，因為隨後走廊便傳來劇烈的腳步聲。而且，腳步聲似乎還帶著濕潤感。

「──到底是怎麼回事啊！」

隨著怒氣沖天的嗓音打開門的，是今天第三次登場的諮詢者夜刀神十香。她的頭髮已經沒有沾附小樹枝和樹葉，倒是成了落湯雞。那副模樣就像是在這寒冷的天氣跳進游泳池一樣。

「發……發生什麼事了！妳怎麼全身濕答答的啊！」

「是妳叫我這樣做的好嗎！」

「咦咦！」

折紙驚愕得瞪大雙眼。難道她握住士道的手後就成了這副模樣嗎？那麼，把十香的全身弄得濕淋淋的液體究竟是……

當折紙思考著這種事情的時候，十香像狗一樣甩動全身，水滴四濺。折紙「呀！」地叫了一聲，避開那不知名的液體──原本是打算避開的，但不知為何，腳步卻往前方移動，反而淋到大量液體，宛如身體自己行動一般。

「嗚……嗚哇啊啊……」

「總之！這個方法也行不通！士道的表情開始變僵硬了喔！」

「這……這樣啊……那麼……」

折紙話說到一半，十香便張開掌心制止她說下去。

「等一下。我覺得這樣下去事情沒有進展，就直接把人帶來了！」

「咦？」

「進來吧，士道！」

十香說完，五河士道便額頭冒著汗水，踏著緩慢的腳步從她身後走進教室。

「……打擾了。」

「五……五河同學！」

「喔，折紙——不對，是鳶一同學。」

士道微微舉起手對折紙打招呼。只是這樣一個舉動，折紙就莫名心跳加速。

「好了，鳶一折紙啊！這次妳一定要教我正確的方法！」

「呃，這個嘛……」

十香露出銳利的視線如此說道。折紙像是被十香強大的氣勢所震懾，將身體往後仰。

仔細一看，士道也一臉傷腦筋地在十香的身後搔著臉頰。他的表情像在訴說：「十香為自己努力是很令人感謝啦，但不希望十香亂來。」

……看來與其讓十香做些什麼，直接和士道談談或許還比較快。

折紙如此判斷後便從椅子上站起來，走向士道。

「……不好意思，我可以跟你聊聊嗎？」

「咦？嗯，好。」

聽見折紙說的話，士道點頭答應。折紙望向十香。

「那麼，可以請妳稍等一下嗎？我們馬上回來。」

「唔……？這樣沒問題嗎？」

「嗯，一定沒問題。」

折紙說完，十香凝視著折紙的眼睛一會兒後，這才點了點頭。

「我知道了。士道就交給妳了，鳶一折紙。」

「交給我吧……那麼，五河同學，這邊請。」

折紙帶著士道來到走廊。

◇

……士道非常困惑。

理由很單純。午休才剛開始，折紙便立刻被亞衣、麻衣、美衣拱著擔任戀愛諮詢室的室長。

不，如果只是這樣倒也就罷了。十香和隔壁班的八舞姊妹對此感到有興趣，這也無所謂。

但問題在於諮詢者走出諮詢室的反應。

殿町不知為何指著士道說：「不准對我妹妹出手喔！」（順帶一提，殿町並沒有妹妹。至少在士道的認知中是沒有的）緊接著，小珠老師又呼吸急促地跑來跟他說：「五河同學！我想跟你談一下關於四月份的事情！突然要你繼承家業或是蓋血印是我太心急了！你一步一步慢慢習慣吧！」然後夕弦又揪著耶俱矢的後頸走向他，滔滔不絕地說出難以啟齒的淫穢話語。

最誇張的是十香。走出諮詢室後（這個時間點，她把頭藏在西裝外套下就有點奇怪了）立刻跑到士道的面前，以超快的速度做折返跳後，直接從教室的窗戶朝草叢高空彈跳，不過沒有繩索就是了。

接著，快速衝回教室確認士道的表情後，再次奔向諮詢室。然後這次則是下腰在士道的四周繞圈圈，大聲唱著連十香自己好像也不知道在唱什麼的歌曲，然後衝上頂樓，張開雙手跳進冰冷的游泳池。

在她跑回教室的途中，士道看見一名穿著緊繃制服的高挑男子在校園裡瘋狂奔跑。雖然他的身影有些熟悉，但士道決定不予理會。

總之，實在很詭異。士道懷疑諮詢室是不是在燃燒什麼違法藥物。

「……難不成……」

士道跟在長髮折紙的後頭，輕聲低喃。

他的腦海裡瞬間掠過一個想法——莫非這個折紙還留著原本世界的記憶？

「……不，不可能吧。如果真是如此……」

「五河同學？」

折紙呼喚他的名字，士道抬起頭。

「喔，喔喔……抱歉。什麼事？」

「在這邊聊如何？在這個房間的話，只要說話別太大聲，別人應該聽不見我們的談話。」

說完，折紙指向與剛才的諮詢室不同的另一間空教室。士道點點頭表示了解後，便和折紙一起走進教室。

「那個……真是不好意思，把你捲進了麻煩事。」

折紙低下頭如此說道，解開西裝外套的釦子。

「啊，不會。我也在一旁看見了經過。鳶一同學妳也不容易呢。」

「不會，別這麼說。」

折紙苦笑著將手臂抽出西裝外套的袖子。

「我主要是想跟你談談夜刀神同學的事。」

「對喔。那傢伙到底是怎麼回事啊？」

士道詢問後，折紙便一邊解開襯衫的釦子一邊接著說：

「夜刀神同學似乎是想讓你打起精神來……」

「讓我打起精神？」

聽見這句話，士道低聲沉吟。

士道的確從幾天前開始就被捲進特殊的情況中，精神多少有些疲憊。他努力掩飾，盡量不要顯現出來，但似乎還是被十香發現了。

「這樣啊……原來那傢伙在想這種事情啊。」

「所以，不好意思，雖然拜託你這種事情不太好……但是你能不能讓夜刀神同學看見你精神奕奕的樣子呢？」

解開所有的釦子後，折紙撫上裙子的鉤釦，拉下拉鍊，發出「嘰嘰嘰嘰……」的聲響。

「噢，這個嘛……喂！」

這時，士道才終於發出高八度的聲音。

由於折紙的動作太過自然，士道一時半刻沒有理會，但折紙卻一邊說話一邊切切實實地脫起制服。

「咦……？」

經士道指摘後，折紙瞪大雙眼，將視線落在自己的身上。

「——呀……呀啊啊啊啊啊！」

接著發出如裂帛般清厲的尖叫聲，彷彿現在才發現自己在脫衣服。

「為……為什麼……會這樣……！五河同學……！」

「不不不，我什麼都沒做喔！」

折紙滿臉通紅，當場癱倒在地，遮住從襯衫中若隱若現的肌膚。士道不知道該把視線放在哪裡，因此別過頭。

然而，災難並未到此為止。可能是因為聽見折紙的尖叫聲，教室外傳來好幾個人的腳步聲。

「慘了……！」

士道急忙想按住門，但——為時已晚。

「發生什麼事了，士道！」

在士道做出反應前，十香搶先一步打開門。過了一會兒，疑似跟著十香趕到現場的亞衣、麻衣、美衣三人也露面。

「什麼、什麼？」

「發生什麼事了啊？」

「五河同學沒做什麼吧？」

接著目睹房內展開的只會令人產生誤會的光景，十香和三人組僵在原地。

「不……不是的，這是──！」

「你在做什麼啊，士道！」

「呀！呀啊啊啊啊！同學裡有罪犯！」

「得事先來練習如何回答電視採訪！」

「五河同學啊，我早就覺得他總有一天會犯罪了！」

士道的解釋被四人的吶喊聲掩蓋。

◇

「今天……到……到底是怎麼回事……」

當天晚上，折紙回到家後，抱著抱枕回想起午休的事。

雖然發生了許多莫名其妙的事，但最誇張的還是最後在空教室發生的那件事吧。

在完全沒有自覺的情況下，不知不覺地脫了衣服。雖然當時不由自主地發出尖叫，但折紙非常清楚士道沒有碰她一根汗毛。當然，如果士道會使用光看別人的眼睛就能自在操縱別人的催眠術，倒是另當別論，但她不認為不是巫師的士道能做到那種事。

折紙是自己開始脫衣服的，宛如體內有另一個自己擅自行動。

不過不知為何，明明被同學看到半裸的模樣，卻意外地不覺得討厭。

「我到底是怎麼了啊……」

折紙吐了一口氣。

「難道我真的對五河同學……」

這一瞬間，手機響起簡訊的通知聲。折紙發出驚愕聲，當場跳了起來。

「呀……！」

而且確認過後，發現傳簡訊的人是五河士道。

「五……五河同學……？」

簡訊裡寫著為今天的事情道歉，以及詢問折紙明天是否會赴約。

折紙感到很驚慌。因為關於中午發生的那件事，士道並沒有任何過錯。折紙根本想都沒想過要取消明天的約會。

「得……得回覆他才行……！」

折紙急忙開啟回信畫面。

主旨：沒問題。

本文：我完全沒放在心上，所以請五河同學你也不要在意。我很期待明天。不過，如果你無論如何都很在意，那就請你用態度來表示。具體來說，我想冠上士道的姓氏。文件由我這邊來準備，你只要帶印章跟——

「為……為什麼！手指！手指自己動了起來！」

大約過了一個小時後，折紙才制止了中途不聽使喚的手指。

正確來說，手指是在約一小時後才總算冷靜下來沒錯，但她又花了兩個小時思考如何寫一篇不會太嚴肅又不會太輕浮，介於冷淡與期待之間，恰到好處的文章，所以經過三小時後，她才終於得以回覆士道的簡訊。

假日令音

HolidayREINE

DATE A LIVE ENCORE 5

某天早上，村雨令音一個人漫步在街頭。

這名年約二十歲的女性將她的長髮隨性綁起，有著修長的四肢以及連模特兒都自嘆不如的身材比例。她的五官也十分端整，不過……若是詢問看見她的人對她的第一印象如何，恐怕十人有九人會提到她那乍看之下不健康的白皙肌膚，以及眼下深深的黑眼圈吧。

實際上，漫無目的地走在大路旁的令音看起來就像逃出療養院的病人，或是搞錯清醒時間的吸血鬼。

然而她身上穿著的並非鬆垮的病服，也不是黑色晚禮服，而是淡色的針織衫外加灰色大衣。一隻充滿縫線的熊玩偶從口袋探出頭來，配合令音的步調搖晃著雙手。

沒錯。今天她沒有〈拉塔托斯克〉分析官和來禪高中物理教師的工作，是睽違已久的假日。

「……好了，要從哪裡逛起呢？」

令音輕聲低喃後，動作緩慢地環顧四周。

假日的街頭交錯著各式各樣的聲音。有來來往往車輛的引擎聲和喇叭聲、到處奔跑的兒童和警告小孩的母親的聲音、一大早吵架的情侶怒吼聲、街頭宣傳車播放憂慮現今政治的聲音，設置在高樓大廈上的大螢幕播送某國公主訪日的新聞。

但是這些聲音都跟令音無關。她之所以上街，並非為了享用豪華的午餐或是去哪裡遊玩，只不過是為了採買不足的生活必需品。

「……啊啊，對了，洗髮精好像快用完了呢。還有……牙刷也差不多該換新的了。」

令音整理出需要買的東西後，輕輕點了點頭，再次邁開腳步。

就在這個時候——

「……我說！那邊那位小姐！可以占用妳一點時間嗎！」

背後傳來如此高亢的聲音。

不過，令音不怎麼在意，依舊繼續向前走。

「喂……等一下、等一下！沒必要不理人家吧！」

令音走了幾步後，原本位於她背後的人影繞到前方擋住她的去路。那是個從說話的語氣和聲音難以想像的彪形大漢。他的特徵是理了個小平頭，穿著顏色鮮豔的西裝，以及瘋狂扭腰擺臀的動作。

令音這才終於發現他是在跟自己說話。

「……嗯？你在跟我說話嗎？」

「要不然是跟誰呀？」

男子縮起肩膀，像是在表達「真是的」一樣，搖了搖頭。這麼大塊頭卻做出這個動作還真是

可愛。

「……有什麼事嗎？」

令音緩緩地歪著頭詢問後，男子便將手抵在下巴，仔細打量令音全身。

幾十秒後——

「——嗯！很棒！實在是太棒了！」

男子如此說道，接著從西裝的內袋拿出一張名片。

名片上用裝飾過多的文字寫著「女低音事務所　金剛寺薰」。

「人家是幹這行的……妳有興趣當模特兒嗎？」

「……嗯？」

令音再次緩緩地歪了歪頭。

◇

「……咦？」

五河士道走在街頭，突然停下腳步。

理由很單純。因為他看見前方有個熟悉的少女身影。

嬌小的身軀，加上用黑色緞帶綁成雙馬尾的髮型。那是士道的妹妹——五河琴里。

琴里不知為何躲在牆壁後頭，窺視大街的方向。她的模樣宛如接下外遇調查委託的偵探，或是跟蹤狂。

「那傢伙在幹什麼啊……」

士道覺得琴里的舉動很可疑，慢慢地靠近她的背後。

「喂，琴里。」

「唔呀！」

士道拍了一下琴里的肩膀後，琴里便發出像貓一樣的聲音，身體顫抖。

「什……士……士道！你幹嘛啦！」

「呃，我才要問妳吧。妳在這種地方做什麼啊？」

士道說完後，琴里赫然瞪大了雙眼，慌慌張張地揪住士道，將他拉向牆壁後方。

「哇！妳……妳幹嘛啦，琴里！」

「噓！少囉嗦，安靜一點。」

琴里一邊說，再次窺視大街的方向。

士道一臉納悶，學琴里慢慢探頭窺視大街。

於是，發現一名熟悉女性的身影——〈拉塔托斯克〉的分析官，同時也是琴里的知心好友，村雨令音。

「令音……？」

士道這才發現令音的對面站著一名腰部扭得厲害的彪形大漢，正在跟她說話。

士道豎起耳朵傾聽，可微微聽見混雜在人群中兩人的聲音。

「……不，我對當模特兒這類的事情沒興趣……」

「討厭！別這麼說嘛！其實今天原本安排的模特兒得了流行性感冒臥病在床，拍攝就要開天窗啦！拜託妳，就當作是幫人家一個忙嘛！」

看來那個男人好像在說服令音當模特兒。士道驚訝得瞪大雙眼。

「哦，被挖掘當模特兒耶。真厲害呢，令音。也是，畢竟她長得那麼漂亮。」

「……你在說什麼啊！」

「我……我有說錯嗎？」

聽見士道說的話，琴里發出焦躁的聲音。

「令音的確長得很漂亮，身材又好，會被星探挖掘一點也不奇怪……不過你以為那是真的星探嗎？」

「妳……妳這話是什麼意思？」

士道詢問後，琴里便一本正經地繼續說：

「……不是經常有這種案例嗎？在路上問人要不要當模特兒，或是強調能看見名人，結果要收拍攝費或課程費來騙錢。」

「啊啊……原來如此。」

這類的詐騙手法的確時有耳聞。至少現在站在令音前面疑似星探的男子就可疑至極。

「不，如果被騙錢倒也就罷了，要是對方花言巧語把她帶去某個地方，逼她穿上跟內衣褲沒兩樣的清涼服裝，強迫她拍照，還跟她說：『不錯喔，再多露一點。』甚至逼她拍十八禁有碼影片之類的！」

「妳……妳冷靜一點，琴里……！」

士道壓住琴里的肩膀，安撫突然激動起來的她。琴里依舊呼吸急促地再次望向令音。

「……總之，我很擔心她會不會被那種壞人給騙了。你看嘛，令音總是在發呆，看在那種壞胚子的眼裡，就像是一隻待宰的肥羊吧。」

……說得還真毒。不過，這也代表琴里就是這麼擔心令音吧。

就在士道和琴里說著這些話的時候，令音和星探的對話似乎也有所進展。

「拜託妳！真的！只要穿著洋裝站著就可以了！」

令音思考了一會兒後，一臉無奈地答應了。

「……如果只是這點程度。」

別看令音那樣，其實是個耳根子軟的好好小姐，聽到別人有麻煩就不好拒絕吧。士道有點明白琴里的心情了。

「真的嗎！謝謝妳，感激不盡！那妳立刻跟我來吧！」

「……嗯。」

說完，令音便跟著星探一同走在大街上。

「喂……喂，他們兩人要走了。這樣好嗎？」

「當然不好啊。令音是我們〈拉塔托斯克〉重要的分析官耶，是我重視的朋友。我要幫她檢查那是不是正派的工作……！」

「可是，要怎麼檢查？要是他們走進建築物裡，我們就沒辦法追上去了吧？」

聽見士道說的話，琴里從鼻間哼了一聲。

「——你以為我是誰啊？」

琴里如此說完便拉起士道的手，走進無人的小巷。

「——呃，妳要做到這種地步嗎？」

數分鐘後，士道和琴里位於飄浮在天宮市上空一萬五千公尺的空中艦艇〈佛拉克西納斯〉

中，琴里的辦公室。

沒錯。琴里拉著士道來到四下無人的地方後，便利用傳送裝置移動到〈佛拉克西納斯〉內。

「我已經派自動感應攝影機到令音身邊了。用這個方法的話，無論令音在哪裡，我都可以監視她，而且這個最新型攝影機上還搭載了小型電擊槍，可以在緊急時刻電擊對方。不過也因此很耗電，不適合使用在平常的任務上。」

「這……這還真是厲害呢……」

士道臉頰流下汗水苦笑道。他明白琴里擔心令音，但萬萬沒想到會做到這種地步。

「好了，那我立刻打開影像。士道你去坐在那邊。」

琴里說完，開始操作桌上的終端機。數秒之後，螢幕上便顯示出自動感應攝影機傳送過來的影像。

——身上只穿著內衣褲，呈現半裸狀態的令音身影。

「噗……！」

「什麼……！」

看見突如其來的光景，士道不禁乾咳了幾下，琴里的表情則是染上戰慄之色。

「果……果然被我說中了～～～！那個變態男，看我用電擊槍把他電到口吐白沫，留下後遺症……！」

「妳……妳冷靜點啦，琴里！仔細看看四周！房間裡只有令音一個人，而且還掛著衣服！這裡是更衣室啦！」

「啊……！」

士道大喊後，琴里便像是恢復冷靜似的瞪大雙眼。

「對……對喔……既然是當模特兒，總是要換衣服嘛……我有點太焦躁了。我也在想要騙令音脫衣服未免也太早了一點……」

「就……就是說啊，再怎麼樣也太早了……」

「啊哈哈。」士道與琴里兩人無力地乾笑。

「──話說，你倒是看得挺自然的嘛，士道──！」

「妳也太不講理了吧！」

琴里擊出的螺旋拳不偏不倚地擊中士道的臉頰。士道旋轉了一圈，當場倒地。

「妳……妳幹嘛啦，琴里……」

「少囉嗦！給我閉上眼睛！」

琴里大喊，用雙手摀住士道的眼睛。要是再被揍一拳，他可承受不住。因此士道決定先乖乖照做。

過了幾分鐘後，琴里移開她的手。

「……好像換好衣服了。」

「是、是……」

士道眨了幾次眼睛，等眼睛習慣光線後望向螢幕。

螢幕中的令音身穿一件雅致的禮服。她那有別於平常一身軍服加白袍的姿態一瞬間奪去士道的目光。

令音照著全身鏡確認自己的模樣後，走出更衣室。於是，在外面等待的星探——名字好像叫金剛寺薰——發出『哎呀！』的驚嘆聲。

『我就知道！人家的眼光果然沒有錯！太美了！太美了，令音美眉！』

『……金剛寺先生，這個飾品該怎麼戴才正確？』

『討厭啦！不要這樣稱呼我！叫、人、家小薰！』

『……小薰。』

接著弄完妝髮後（黑眼圈無法完全蓋住），令音便開始拍攝。

攝影現場除了金剛寺，更正，是小薰之外，還有其他數名人員。像是攝影師、攝影助理、造型師和化妝師等。另外，在不遠處也能看見一名疑似製作人的男子單手拿著手機，一臉為難的樣子。根據自動感應攝影機上搭載的高感度麥克風所接收到的聲音，似乎是另一個現場的演出人員突然生病無法出席工作。

『好，那麼要開始拍嘍。首先坐在椅子上，擺出有點慵懶的態度。』

攝影師指導如何擺姿勢後，開始從各式各樣的角度拍攝令音。

現場準備了葡萄酒杯、茶具，甚至是小提琴等極其優雅的物品當作拍攝的小道具。有效地利用上述的道具，繼續拍攝。

士道透過攝影機觀看這幅景象，鬆了一口氣。

「看來是正派的拍攝工作呢。」

「……嗯，是啊。」

琴里也稍微放鬆嚴肅的表情，點頭首肯。

「話說回來，令音還真厲害呢。她應該是第一次當模特兒吧，感覺卻有模有樣。還有，〈拉塔托斯克〉的分析官能在高中當物理老師這件事本身也很厲害。不是任何人都能教物理吧？」

士道說完後，琴里便聳著肩笑道：

「令音她啊，不知道是從哪裡學來的，大致上的事情都能處理得很完善。也大概懂得怎麼掌舵〈佛拉克西納斯〉，受傷時的應急措施也做得完美無缺。偷偷跟你說，她打針打得比我們的醫務官還要好。」

「真的假的啊……不過，我好像可以理解。」

「對吧？」

琴里一臉愉悅地揚起嘴角。肯定是因為自己引以為傲的朋友被稱讚而感到開心吧。

當士道和琴里聊天的時候，攝影師又下達新的指示。

『好了，那這次來拍拉小提琴的樣子。噢，當然假拉也是可以的……』

接著——

攝影現場的氣氛突然為之一變。

理由很單純。因為拿起小提琴的令音開始奏起流麗的音樂。

在場的所有人都啞然失聲。毫不猶豫移動的琴弓、宛如其他生物般敏捷的左手手指。她拉琴的高超技巧暫時將攝影現場化為演奏會的會場。

『……嗯？』

可能是察覺到大家的態度，令音停止演奏。

『……換其他曲子比較好嗎？』

令音說完歪了歪頭。士道感覺自己的下巴落下一滴汗。

「……令音會拉小提琴嗎……？」

「不……不知道……我也是第一次聽到……而且還是帕格尼尼的《二十四首隨想曲》的第二十四號隨想曲，可不是一個外行人拉得出來的曲子……」

就連琴里也一臉驚愕地凝視著螢幕中的令音。

於是片刻過後，開始響起掌聲。

『B……Bravo！』

在旁邊觀看，疑似製作人的男子興沖沖地走近令音。

『妳的演奏太好聽了……！聽說妳是小薰找來的，該不會是個有名的小提琴家吧！』

『……不是，我只是一名高中老師……』

『原來如此，是音樂老師嗎！』

『……不是，我是教物理的。』

即使令音如此回答，男子似乎一點也不在意，繼續熱情地說：

『總之！看在妳拉琴的技術上，我想拜託妳一件事！』

『……拜託我事情嗎？』

『對。其實我們事務所也有經營派遣演奏家到宴會或典禮演奏的服務項目，但是……我剛才接到聯絡，原本今天預定要派遣的小提琴家突然發燒昏倒了，好像是得了流行性感冒。這樣下去，重要的工作就要開天窗了！』

『……這樣啊。那真是糟糕呢。』

『是啊，非常糟糕。不過，老天保佑啊！沒想到我竟能在這種危急的時刻碰到妳這個神乎其技的小提琴家！只能說是奇蹟啊！拜託妳，這場拍攝結束後，可以請妳再接下另一個工作嗎！』

男子像在演歌劇似的，反應誇張地提出要求。

『……可是，我不是專業的。』

『沒問題！我剛才鑑定過妳的演奏，我敢保證！而且這工作不是什麼多正式的場合，只要在飯店的交誼廳稍微演奏一下就可以了。』

說完，男子深深低下頭，小薰和攝影師等人也跟著垂下頭拜託。

令音露出為難的表情，不過數秒後，她輕聲嘆了一口氣。

『……好吧，如果只是這點程度。』

『！真的嗎！謝謝妳，感激不盡！那麼，既然決定了就準備出發吧！服裝不用換了！小薰，把車開過來！』

『好～～！』

小薰發出甜美的聲音，離開房間。

看著這幅光景，士道和琴里互相看了看對方。

「……怎麼，才剛當上模特兒，這次又變成小提琴家了。」

「好……好像是呢……」

兩人同時搔了搔臉頰。

◇

「……唔嗯。」

三十分鐘後，令音環顧目的地飯店的交誼廳，如此低喃。

規模比聽說的還要大。的確是飯店沒錯，但令音被帶到的地方是東天宮帝國飯店，是國賓等級的大人物都會在此住宿的超一流飯店。實際上，待在交誼廳的客人也是外國人多於日本人。

不過既然人都來了，也無可奈何。令音想要速戰速決，便拿起小提琴（不是攝影用的道具，而是演奏用的），走到交誼廳中央。

接著行過一禮，開始演奏。

話雖如此，待在這裡的人們並不是為了聽令音的演奏而來，主要的目的還是與賓客聊天和休息。就連令音打算開始演奏的時候，也只有稀稀落落的掌聲。

在這種場合，音樂終究只是襯托的綠葉角色。所以令音選擇的是曲調中規中矩，無伴奏的小提琴奏鳴曲。

安靜卻優美地編織出樂曲。

於是，隨著時間經過，交誼廳客人們的反應也漸漸改變。

有人停止閱讀報章書籍或是中斷聊天，聆聽令音演奏。

——當演奏完畢的時候，與剛才無可比擬的掌聲籠罩整間交誼廳。

「…………」

令音原本是打算不要打擾到客人聊天，但似乎太引人注目了。

……不過，演奏都結束了，煩惱也於事無補。總之，這下子就完成工作了。令音再次鞠躬，離開交誼廳。

「令音美眉！」

「辛苦了！妳演奏得真棒！」

在交誼廳側邊等候的小薰和製作人如此說完，出來迎接她。令音緩緩地低下頭。

「……謝謝。這樣工作就結束了吧？」

「是啊，多謝妳，真的幫了大忙。怎麼樣？如果妳願意，要不要加入我們事務所？不管是走模特兒路線還是美女小提琴家，想出名，辦法要多少有多少！」

「……不了，我現在的工作很忙——」

就在這個時候——

一名女性邊拍手邊走出來，打斷令音說話。

她的年齡和身高跟令音差不多，身上穿著簡單但做工良好的衣服，散發出高貴的氣息，背後則跟著幾名身穿西裝的男子。

「嗯？妳是——啊！」

製作人疑惑地看著突然出現的女性後，驚愕得瞪大了雙眼。

不過，女性卻一點也不在意，莞爾一笑，開啟雙唇。

【——演奏得真精彩。妳是哪裡的小提琴家？】

接著用外語說出這句話。

「咦？妳說什麼……？」

可能是聽不懂她說的話，小薰歪了歪頭。於是，女性用手肘頂了頂站在後方的男人側腹部。

【喂，快點翻譯。】

【好……好的，請稍等一下……】

男子發出與體格相異的虛弱聲音，向前踏出一步。

「我……覺得……曲子……棒。」

然後比手畫腳地用拙劣的國語如此說道。

看來他並不精通國語。令音將視線挪向女性後開口：

【……妳直接講沒關係。】

【！哇喔！】

令音用對方的語言對女性說話後，女性便驚訝得瞪大雙眼。

【妳真厲害呢。要是說英語也就罷了，我還是第一次遇見會說我國母語的日本人。】

【……只是生活會話的程度。不過，妳說這是妳的母語，表示妳是克雷爾人嘍？】

克雷爾王國是位於南亞的一個小國，母語和國名相同，為克雷爾語。但除了克雷爾王國之外，幾乎沒有地區使用，因此很少日本人會專門學習這種語言。

【是的。我本來有幾名專門的口譯人員，但今天早上得了流行性感冒，臥病在床，只剩這個只會講單字的隨扈。真是不好意思啊。】

【……這倒是無所謂。】

在令音與女性說話的時候，小薰縮起肩膀搖了搖頭。

「討厭！妳們兩個在說什麼啦？不要排擠人家——」

「喂……喂！」

製作人驚慌失措地拉住了小薰。

「哇哇！製作人，你幹什麼啦！」

「你才是，不要做出失禮的舉動！至少看看電視吧！這位是——克雷爾王國的第三王女，艾莉雅拉特·瓦亞娜蒂公主！」

「什……什麼！」

小薰的表情染上驚愕之色。令音捶了一下手心說：「……對喔。」

【……這麼說來，新聞的確有提到有某國公主訪日呢。真是失禮了。】

令音說完，公主哈哈笑了笑。

【別這樣、別這樣，我不喜歡拘束的繁文縟節。重點是，妳叫什麼名字？】

【……我叫村雨令音。這不是我的本業，只是順勢發展成這個地步。】

令音微微提起小提琴說道。於是，公主興致勃勃地接著詢問：

【這樣啊。那妳本業是做什麼？】

【……高中老師。】

【原來如此！是教語文的嗎？】

【……不是，我教物理。】

即使令音更正，公主也不怎麼在意的樣子。

【這樣啊——話說，我有事想拜託妳，令音。】

【……有事要拜託我？】

【對。今天一天就行了，妳可以當我的口譯嗎？就如我剛才所說的，我的口譯人員都病倒了，讓我傷透腦筋呢。】

【公……公主！】

聽見公主突如其來的要求而發出驚愕聲的並非令音，而是公主的隨扈。

【您突然說什麼啊！怎麼可以把剛認識的人放在身邊……！】

【咦咦？有什麼關係嘛。】

【關係可大了！搞不好她是第一王女派安插的間諜……】

【你想太多了啦。那傢伙再怎麼陰險，也不可能算出我會跟誰攀談吧。】

【可是……】

【……怎麼，難道你們想違抗我嗎？】

公主狠狠瞪視後，隨扈們便顫抖著向後退。

【——就是這樣，令音，妳會當我的口譯吧？啊，這樣最好。嗯！就這麼做吧，決定了！】

公主不由分說地如此說完，精神百倍地舉起手。令音一臉為難地發出低吟。

【……不好意思，我要去買東西。】

【咦咦咦！】

令音回答後，公主立刻發出孩子耍賴般的聲音。

【好嘛。拜託妳！只有妳能勝任了。今天一天！只要今天一天就好！】

她說完行了一個克雷爾式禮。大概是公主拜託一般市民的情景引來別人的目光，只見待在交誼廳的客人們一臉訝異地望向這裡。

「……唔。」

令音考慮了一會兒後——

【……好吧，如果只是這點程度。】

接著發出輕聲嘆息，如此回答。

◇

「……喂，令音成了口譯人員耶，而且還是公主的。」

「……好像是呢。」

士道和琴里臉頰抽搐，凝視著螢幕……總覺得這幾個小時內發生太多事，無法完全掌握狀況。簡直跟稻草富翁沒兩樣。

令音從飯店移動，和公主一行人前往機場，搭上疑似克雷爾王族專用的小型飛機，就這麼飛上天空。

順帶一提，令音現在穿的是一身黑色的西裝褲裝，乍看之下就像一名工作幹練的女強人。從口袋冒出的熊玩偶莫名地不搭調。

何止是頭等艙，宛如飯店一室的機內，令音面向坐在旁邊的公主。

『……艾莉雅拉特公主。』

『嗯？啊，叫我艾莉就可以了。日本人這樣比較好發音吧？』

王女語氣輕鬆地笑道。順帶一提，士道和琴里都不會說克雷爾話，不過〈佛拉克西納斯〉的ＡＩ能夠同步翻譯，因此即使慢了一會兒，還是能聽懂兩人的對話。

『……那麼，艾莉。妳沒提到還必須搭飛機。』

『哎呀，怎麼，難道妳有懼高症？』

『……不是這樣，只是出遠門我不太方便。妳要去哪裡？』

『京都。在國際會館舉辦了一場有關空間震問題的意見交流會。不只我，亞洲各國應該也會派代表來。』

『……難道我要擔任同步口譯？』

『是啊，我沒說過嗎？』

『……我第一次聽說。』

說完，令音嘆了一口氣。不過，她的表情看不出有什麼焦慮的感覺。

「……不過說真的，令音到底是何方神聖？什麼克雷爾語，我連聽都沒聽過。她到底是在哪裡學會的……？」

「不知道呢……不過，感覺她好像會說幾種人生不知道什麼時候會用到的冷門語言耶……」

聽見士道說的話，琴里露出了乾笑。接著，螢幕中的艾莉公主正好連珠炮似的開始詢問令音問題。

『欸、欸，我說令音啊，妳為什麼看起來很睏的樣子啊？黑眼圈好深喔。還有，妳那隻熊玩偶怎麼會這麼破舊？妳年紀應該跟我差不多大吧？有男朋友嗎？話說，妳有去過京都嗎？我第一次去耶，那地方怎麼樣？會議結束後，我想去看看金閣銀閣，妳要一起去嗎？我記得有個傳說是別人叫妳名字，妳回答的話，靈魂會被吸走對吧？』

『……可以請妳一次問一個問題嗎？』

看來艾莉公主似乎非常喜歡令音。年紀相仿又能說同樣語言的外國朋友，對她來說也許是可遇不可求吧。

「……不過，琴里。看到這裡，反而可以安心了吧？畢竟是當公主的口譯耶。」

「是……是啊。再怎麼樣，應該也不會再發生什麼事……」

——琴里話說到這裡的瞬間。

『哇……哇哇！』

『……嗯？』

機身突然劇烈搖晃了一下。放置在桌上的玻璃杯掉落在地上，支離破碎。

『妳沒事吧，公主！』

『嗯，我沒事……不過究竟是怎麼回事？』

公主詢問後，機內的門恰巧用力打了開來。

『不……不好了！機長和副機長突然昏倒……！』

『什麼……！』

『他……他們是怎麼了？』

『總之，快點把醫務官叫來！』

『沒辦法，醫務官得了流行性感冒，臥病在床，就把他留在東京了！』

『偏偏在這種時候！』

『……如果不介意，我來看看吧。不過我沒有執照就是了。』

『令音！妳連這種事都會嗎？』

『……是啊，如果只是這點程度。』

令音隨著隨扈走向駕駛座艙。

士道和琴里臉頰抽搐，看著這幅情景。

「……我說，琴里。」

「……什麼事，士道？」

「如果我的認知沒錯……看起來好像又發生什麼事了呢。」

「真巧耶……在我看來也是這樣。」

兩人額頭冒出汗水，如此低喃。

「……唔。」

令音進入駕駛座艙後，開始觀察在操縱席失去意識的機長和副駕駛。測量他們的脈搏，觀察眼球運動，確認心跳。

【怎麼樣，令音，知道是什麼原因嗎？】

【……詳細情況不調查清楚的話，我不敢斷言，不過他們似乎只是睡著了而已。】

令音說完後，艾莉公主皺起眉頭。

【什麼？在飛行中睡午覺嗎？喂，開什麼玩笑啊！】

艾莉公主抓住機長的肩膀，用力搖晃他的身體。可能是不小心碰到操縱桿之類的吧，機身也連帶微微搖晃。

【公……公主，請住手！】

【會墜機的！】

隨扈驚慌失措地阻止艾莉公主。令音看著這幅情景，將手抵在下巴低吟。

【……難以想像會有機長跟副駕駛同時昏睡的狀況。很可能是被下了比較晚產生藥效的藥物，讓他們在飛行的時候無法操縱飛機。】

【被……被下藥！那該不會是……】

【……沒錯。不好意思，你們有沒有想到有誰想要你們的性命？】

令音冷靜沉著地說完，所有人沉默不語。

然而片刻過後，艾莉公主聳了聳肩。

【——是第一王女派的人吧。大姊那傢伙，似乎對繼承權的順序是平等的這件事感到不滿，把我跟二姊視為眼中釘。她做的事還是一樣陰險呢。】

【公主，這……】

【沒關係啦，我早就習慣了。真是的，繼承權的順序就那麼重要嗎？我真是搞不懂。】

艾莉公主無奈地嘆了一口氣。看來王族也有身為王族的辛苦之處呢。

【總之，現在必須想辦法駕駛飛機才行。在天空飛行的時候倒還應付得來，但降落就沒辦法了吧。你們會駕駛飛機嗎？】

艾莉公主說完望向隨扈。隨扈們同時搖了搖頭。

【什麼！你們這麼多人，卻沒有一個人會駕駛飛機嗎！】

【就……就算您這麼說……】

【駕駛飛機算是一種專長吧……】

隨扈們發出沒出息的聲音。不過，責備他們未免也太嚴苛了一點。令音吐了一口氣。

【……真拿你們沒辦法，我來開吧。】

【令音！妳該不會連開飛機都會吧？】

【……嗯，如果只是這點程度。】

令音微微點了點頭後，請隨扈幫忙把機長從椅子上搬下來。

然後在空出來的機長席坐下後，將背往後靠，將視線轉了一圈，望向儀表板。

為了在緊急時刻能派上用場，她大致學過〈佛拉克西納斯〉的操舵順序，也曾駕駛過小型飛機，但還是第一次坐上王族專機的機長席。

「……原來如此。」

也有幾樣沒見過的裝置，不過……船到橋頭自然直嘛。

令音如此判斷後，撫上操縱桿。

【……差不多快到目的地了。為防萬一，大家回座位坐好，繫上安全帶。】

【知……知道了！】

艾莉公主一行人聽從令音的指示，回到座位上。

令音確認所有人都就座後，慢慢降低高度，從機身放出機輪。

——瞬間，一股向下沉的感覺貫穿全身。

令音讓飛機一邊在跑道上滑行，同時慢慢剎車，漸漸減速。

數十秒後，飛機完全停止。

最後——公主搭乘的飛機果然無一傷亡地成功降落。

【令音！】

接著，駕駛員座艙的門立刻開啟，艾莉公主衝了進來。

【太厲害了，令音！妳太棒了！】

【……謝謝妳的誇獎，我感到非常榮幸。】

令音回答後，艾莉公主越發激動地繼續說：

【妳真的無所不能呢！為什麼在當學校的老師啊？話說回來，大姊那傢伙下手還真是狠毒。我好不容易活下來，一定要收集證據跟母后打小報告！再不然——】

就在這個時候——

情緒激昂地說著話的公主突然當場昏倒在地。

【……艾莉？】

【公……公主！】

【您還好嗎！】

隨扈連忙衝上前。令音讓艾莉公主的身體朝上後，撫上她的額頭。

【……燒得好厲害。艾莉，妳身體狀況這樣，還鬧鬧騰騰的嗎？】

【啊哈哈……口譯好像把流行性感冒……傳染給我了……】

艾莉無力地笑道。令音輕輕搖了搖頭。

【……好不容易來到京都，妳身體狀況這樣，恐怕是難以出席會議了。】

【不……不行。這個會議很重要，我不能缺席。】

【……可是……】

令音一臉為難地皺起眉頭。憑艾莉公主現在的狀態，別說演講了，連坐在位子上都有困難。

而且擔心的因素不只這一項——還有第一王女派的存在。

令音雖然不了解克雷爾王室的鬥爭，但至少對方是個企圖使艾莉公主搭乘的飛機墜落的人物，很有可能也會在會場設置什麼圈套。

或許是察覺到令音的想法，艾莉難受地表達自己的意見。

【我……不能因為這種事情，缺席公務。如果我有什麼缺失，陰險的大姊一定會抓緊這個機會攻擊我……我對王位根本沒興趣，但不能讓那個女人繼承。我不能把克雷爾交給那傢伙……所以……！】

說到這裡，艾莉公主劇烈地咳個不停。果然不是能正常執行公務的狀態。

「…………」

令音沉思了一會兒後，嘆了一口氣。

【……我記得克雷爾的正式服裝，可以在公眾場合戴面紗吧？】

【咦……？對啊……怎麼了嗎？】

【……幸好妳跟我的身高幾乎一模一樣，五官也有點類似。只要妝化得好，從遠處看應該看不出來吧。】

【……！令音！妳……妳的意思是……】

看來艾莉公主似乎察覺到令音所言之意。她驚愕得瞪大雙眼。

【……沒錯，我代替妳出席吧。這樣就沒問題了吧？】

【可……可是，妳也發現了吧……？飛機沒有失事，謀殺我失敗的第一王女派可能會再次設局謀害我的性命……我不能害妳陷入危險……！】

【……沒事的，如果只是這點程度。況且……我也不希望那個第一王女成為女王。】

令音將手輕輕放在艾莉公主的頭上安撫她，讓她安心。

◇

「…………」

「…………」

士道和琴里在〈佛拉克西納斯〉的辦公室凝視著螢幕，像是在抑制頭痛般將手擱在額頭上。

這也難怪。因為數小時前才在街頭被挖掘當模特兒的令音現在則是變成了一國公主（的替身）。究竟要經歷多少次偶然，才會發生這種事情？若是不像這樣透過攝影機觀看事情的發展經過，恐怕完全沒有頭緒吧。

如今顯示在螢幕上的是位於京都的國際會館的會議廳。意見交流會已經開始，會場內聚集著各國的大人物和記者。

身穿克雷爾式正式服裝的令音極其自然地坐在其中……就某種意義而言，這是非常超乎現實的光景。

不僅如此，前一個出席者演講完畢後，會場響起呼喚克雷爾王國第三王女，艾莉雅拉特·瓦亞娜蒂的廣播。

於是，令音在響徹會場的掌聲之下走上講臺，開始以流暢的克雷爾語演說。

她的言行舉止完全就像個氣質高尚的公主，至少會場中沒有一個人懷疑她是假的。她這個人……還真是無所不能。

然而，士道與琴里沉默不語的理由不只如此。

「……我說，琴里。」

「……什麼事，士道？」

「她化身成公主出席會議……我總覺得有非常不祥的預感……」

「……真巧耶，我也是這麼認為。」

兩人的臉頰同時流下汗水。就像剛才令音所說的，第一王女派的人很有可能動手腳要取艾莉公主的性命。

「令音，不會有事吧……」

「嗯……應該吧，我們也多注意一點。」

「也是……我想對方應該也不會在這麼顯眼的地方襲擊公主吧……」

「說……說的也是。再說，怎麼可能發生那麼多次像電影一樣的事情啊。況且——」

然而，就在琴里這麼說的下一瞬間。

——砰！

清脆的聲音響徹整個會場。

看來似乎是位於記者席的一名男子朝講臺上的令音開槍。

『嗚……嗚哇啊啊啊！』

『警衛，警衛在幹什麼？』

所幸子彈好像只擦過令音的衣襬，飛向她背後的牆壁。但突如其來的槍擊令會場一陣騷動。

「真被我說中了啊啊啊啊！」

「不會吧，真的假的啊啊！」

五河兄妹兩人同時發出哀號聲。

混進記者之中的男子朝自己開槍。

令音認知到這個事實的同時便在一瞬間掌握自己所處的狀況，以及周遭的情況。

位於講臺上的自己與男子的距離，目測約十公尺。雖然隨扈們衝出去想要制服那名男子，卻被到處逃竄的參加者阻擋。在這種情況下，男子在被他們抓住之前會再次扣下扳機吧。

「……沒辦法了。」

令音用誰也聽不見的細小聲音呢喃後，朝地面一蹬，衝向男子。

她也是〈拉塔托斯克〉的機構人員。為了在緊急時刻能派上用場，她學習了最基本的防身術。而且，她判斷就算無法制服男子，只要爭取時間，隨扈也會立刻趕來吧。

【什麼……！】

想必令音的反應超乎男子的意料，他發出驚愕的聲音，而且說的語言和艾莉公主他們一樣是克雷爾語。

在國際會議場合開槍，光憑這一點還無法判定對方的目的。不過在聽到這句話的瞬間，令音便確定這名男子果然和對機長和副駕駛下藥的人是同一派。令音壓低姿勢，再朝男子踏近一步。

但對方也是個殺手。儘管一瞬間露出驚訝的表情，還是立刻恢復冷靜，將槍指向令音，準備扣下扳機。

【去死吧！】

「……──」

會場內再次響起「砰！」的一聲。

不過，槍口並非朝向令音，而是天花板。

【啊嘎……！】

男子身體抽搐，翻了白眼。一瞬間還以為是隨扈朝男子開了一槍，然而──並非如此。

真要說的話……沒錯，男子的反應宛如「被某個隱形的人用電擊槍強烈電擊一樣」。

「…………」

雖然不明白發生了什麼事，但這是個好機會。令音逼近男子，將他的手臂往上擰壓制在地。

【令……公主！您沒事吧！】

【……我沒事，接下來就拜託你了。】

數秒後，她將事情交接給終於趕來的隨扈後，拍了拍手。

於是那一瞬間，整個會場充滿如雷的掌聲、震耳欲聾的歡呼聲以及閃個不停的相機閃光燈。

——經過約三小時後。

【令音……！】

令音一踏進病房，躺在病床上的艾莉公主便坐起身，呼喚她的名字。

由於恐怖分子闖入，會議要重新整頓，於是令音暫時溜出會場，來到被送往附近醫院的艾莉公主身邊。

……其實她本來可以更早過來的，但媒體爭相採訪公主制服恐怖分子這種轟動社會的事情，導致她較晚離開會場。

但令音畢竟不是艾莉公主。在極近距離下接受採訪可能會露出馬腳，因此她好不容易打發媒體才來到這裡。

【……嗨，妳身體怎麼樣了？】

【我沒事……！倒是妳！我聽說了。還好妳平安無事……！】

艾莉公主感動萬分地如此說完，一把握住令音的手。

【令音！令音！妳是我的英雄。拜託妳，當我的隨從吧。報酬妳要多少我都給！】

艾莉公主說完，露出懇求的表情望著令音的眼眸。

不過，令音靜靜地搖了搖頭。

【……我很感謝妳如此看重我，但恕我拒絕。因為我還有該做的事要做。】

聽見令音說的話，艾莉嘆了一大口氣。

【是嗎……真是遺憾。既然妳都這樣說了，一定……是很重要的事情吧。不過，這樣我過意不去。讓我送妳一份謝禮吧！妳有沒有想要的東西？豪宅？土地？金塊？小島？只要是我能得到的東西，都可以送妳！妳說說看！】

艾莉露出閃閃發光的眼神凝視著令音說道。

令音發出低吟，思考了幾秒後——回答：

【……噢，說到這裡，我剛好有想要的東西。】

◇

隔天，士道和琴里一大早便來到〈佛拉克西納斯〉的艦橋。

理由很單純。是為了見令音一面。

兩人昨天派自動感應攝影機到京都陪伴令音，但在恐怖分子將槍口對準令音的瞬間，啟動搭載在攝影機上的電擊槍，耗光了電池，因此無法得知之後的情報。

「……令音應該有來吧？」

「那……那是當然的啊。她可是〈拉塔托斯克〉的分析官耶。」

琴里回答士道問題的聲音帶點動搖。

不過，這也是理所當然的事吧。令音昨天先是當了模特兒，後來又成為小提琴家、口譯、代理醫生、飛行員，最後甚至還當了公主的替身。雖然不知道後來發生了什麼事，但就算有人提出比〈拉塔托斯克〉更好的待遇想招攬她也不足為奇。

然而——令音卻在不明白琴里擔憂的情況下，一如往常地踏著蹣跚的腳步出現在艦橋。

「……嗯？妳今天真早來呢，琴里。而且連小士也在。」

「令音……！」

「早……早安啊，令音。」

看見士道和琴里的反應，令音一臉疑惑地歪了歪頭。

「……怎麼了嗎？」

「不……沒什麼……對吧，琴里？」

「對……對啊。什麼事也沒有……啊！話說令音，妳昨天休假吧……過……過得怎樣啊？」

琴里問得十分委婉。

不過，士道無法責備琴里。因為實在發生了太多事，想必她也不知道該怎麼問吧。如果換作士道，肯定也會用同樣的方式詢問。

「……昨天嗎？」

令音將手抵在下巴後輕聲低吟，思考了一會兒。

然後──

「……呃，沒怎麼樣，跟平常差不多。」

若無其事地如此說道。

「什麼──」

「咦……？」

聽見令音說的話，士道和琴里一雙眼睛瞪得老大。

由於令音的態度實在太過自然──讓人分不出她是認為就算說真話也沒人相信，還是懶得說……或是正如她所說的，她「平常」總是發生那種事？

「……？你們兩個怎麼了？」

令音目瞪口呆地歪了歪頭。

這時，她隨意綁起的頭髮散發出比平常還要高級的洗髮精香味。

迷失銀白世界

AstraySilver

DATE A LIVE ENCORE 5

「…………」

心臟跳動的聲音聽起來異常劇烈。

五河士道抱持著絕望的心情，將手擱在胸口試圖讓悸動平緩下來。

當然，被骨、肉和布阻隔的心跳聲不可能洩漏到體外，但現在的士道就是強烈地認為它會暴露自己的行蹤讓「捕食者們」發現。

沒錯。現在的士道等同於被囚禁在籠子裡無法逃脫的草食動物。

——絕對的絕望。如果籠子裡只有草食動物，也可能是拿來當寵物、觀賞用，或是研究用。

但是，如果裡面也關著凶猛的肉食性野獸——那麼草食動物應該會改成別的名字吧。

也就是活體飼料。

或是——肉。

「…………！」

自覺到這件事的同時，士道感覺到背後有一道視線——因此身體顫抖。

這裡原本就像冰箱一樣氣溫很低，他的肩膀和指尖不停發抖。但是，現在士道的身體之所以會打哆嗦，不單純是因為寒冷。

恐懼。士道身為生物不可避免的原始本能的恐懼令他牙根打顫。

——冰冷的手觸摸士道的肩膀。

「……！」

瞬間，士道發出不成聲的尖叫，縮起身體。

然而，冷酷無情的捕食者們並不理會士道的反應，慢慢爬向他。

「啊……啊……」

士道發出微弱的聲音，回想為何事情會演變成這種地步。

◇

——時間要回溯到幾小時前。

「喔喔！這真是太美了！」

下車的瞬間，十香發出驚嘆聲，環顧四周。

她搖曳著一頭漆黑的長髮，將水晶眼瞳瞪得圓滾滾的，興奮得又叫又跳。

不過，這也難怪吧。因為士道等人的四周正呈現出一望無垠的銀白世界。

他們現在正位於離天宮市五小時車程的某個滑雪場。

沒錯。士道一行人利用假日一起來滑雪。

美麗的銀白地毯鋪滿山林原野，在陽光的照射下熠熠生輝。眼前的光景十分夢幻，甚至令人有種不小心進入電影其中一幕的錯覺。

連士道都抱有這種感想了，十香等人看見這景色大受感動也是理所當然吧。

「哦！真是漂亮呢！呵呵……本宮要在這純白的畫布上留下足跡。」

「阻止。不讓妳這麼做。嘿！」

當耶俱矢正想踏出腳步的時候，夕弦搶先一步插到她前面。

「啊！夕弦！汝這是做什麼啊！」

「微笑。大意失荊州。」

「討厭啦！只有妳們兩個卿卿我我的，太詐了！也讓我們加入嘛！」

「……！等一下，為什麼連我——」

不只十香，就連其他精靈也在這一片白茫茫的景色中嬉鬧起來。美九在八舞姊妹打打鬧鬧的時候，硬拉著原本決定冷眼旁觀的七罪加入。

「真是的……」

從後方看著這幅情景，無奈地聳肩的是士道的妹妹琴里。她晃動著嘴裡含著的加倍佳棒棒糖，嘆了一口氣。

「有精神是好事啦，但不要嬉鬧過頭了。雪山是很危險的。」

「嗯，我們知道！妳看，琴里，好有趣喔！雪踏起來沙沙作響耶！」

「唔哇！竟然連十香都來參一腳，怎麼能輸給汝！嗚喔喔喔喔！」

「喔喔，耶俱矢，妳好厲害啊！」

「……妳們真的知道嗎？」

琴里嘆息著搔了搔頭。士道見狀露出微微苦笑。因為這麼說的琴里在小巴上也專注地閱讀貼滿標籤的旅遊書。

「你幹嘛？」

「不，沒事──話說，我們今天住宿的地方是那裡吧？快點把行李拿進去，做好滑雪準備吧。難得來一趟，不滑個夠本太可惜了。」

士道如此說著並指向前方。那裡建了一棟屋頂撒滿雪花，充滿韻味的別墅。

「說的也是。好了，大家，把自己的行李拿一拿。」

琴里點頭同意，指向搭乘的巴士車內。

沒錯。平常搭乘空中艦艇〈佛拉克西納斯〉一下子就能飛到的距離，如今因為艦艇維修中，改用〈拉塔托斯克〉準備的小巴移動。

不過，大家並沒有因此抱怨──似乎反而還非常享受搭乘巴士一路搖搖晃晃的旅程。

「士道，給你。」

正當士道思考著這種事情的時候，有人從背後跟他說話。回頭一看，發現不知何時竟有一名少女拿著士道的波士頓包站在那裡。少女擁有一頭及肩的頭髮，以及如洋娃娃的面容。她是鳶一折紙，士道的同班同學，同時也是士道封印靈力的其中一名精靈。看來她在拿自己的行李時，也順便幫士道拿過來了。

「喔喔，謝謝妳，折紙。」

士道向她道謝，接過包包後，「嗯？」地歪了歪頭，發出疑惑的聲音。

「我說，折紙，我的包包好像有被人打開的痕跡耶……」

「怎麼可能。我沒有留下那種痕——」

折紙話說到一半，抽動了一下眉尾。她似乎發現自己被套話了。正如折紙所說，士道的包包看不出有人開過的痕跡……看來為了保險起見，事先詢問是正確的。

「……果然啊。」

「不愧是士道，真了解我。我好開心。」

「不要說這種會招人誤會的話啦……真是的。」

士道說完打開包包，簡單確認裡面裝的東西。不過，並沒有發現有什麼東西減少或增加。

「……沒什麼奇怪的地方耶。」

「當然。我什麼也沒做。」

「那妳為什麼要打開我的包包……」

「情報就是力量。」

「…………」

士道不敢再問下去，一語不發地挪開視線。

「那……那麼……其他人行李都拿好了嗎？」

士道一邊說一邊環顧四周。於是，拿著大件行李的精靈們點了點頭回應他。

重新一看後，人員還真是眾多呢。有士道、十香、折紙、琴里、耶俱矢、夕弦、美九、七罪，還有——

「嗯？話說，四糸乃人呢？」

士道環顧四周，清點人數後歪了歪頭。因為排成一排的精靈當中並沒有看見四糸乃的身影。

「唔，聽你這麼一說……」

「剛才還在的呀。」

「到底跑到哪裡去了……啊，在那裡。」

七罪像是發現什麼事般指向別墅的方向。接著便看見一名右手拿著包包，左手戴著兔子手偶的嬌小少女，臉頰泛著紅暈，眼睛閃閃發光地等待著大家。

「大家，快點來……！」

「好了、好了，動作快～～」

四糸乃與手偶「四糸奈」催促著大家。

說到這次的滑雪之旅，其實是四糸乃提出的。前幾天，聊到休假時大家一起去玩的話題時，平常不太表達自己意見的四糸乃提出希望去雪山遊玩。

四糸乃原本就是操縱水和冷氣的精靈，也許有什麼令她感受深刻的地方吧。

看見乖寶寶四糸乃難得一臉興奮的模樣，所有人彼此看了對方的臉後不約而同地莞爾一笑。

經過約一小時後，把行李放到各自的房間，換上各式各樣的滑雪裝的士道一行人搭乘纜車來到半山腰。

是坡度較平緩，適合初學者的路線。除了士道等人以外，也能看見三三兩兩看起來經驗尚淺的滑雪客。

「好了……那我們開始滑吧。妳們都記得大致的動作了吧？」

士道望向在滑雪練習場排排站的精靈們如此說道。於是，所有人同時點了點頭。

沒錯。畢竟沒滑過雪的人占大多數，所以他們來這裡之前，事先學習過基本動作。

「嗯，沒問題！那我先滑嘍！」

十香精神奕奕地如此說道，第一個打頭陣。她戴上大大的護目鏡後，使勁利用雪杖推動雙板滑雪板，在銀白的山坡上描繪出兩道軌跡。

「喔喔喔喔喔喔喔喔喔——————！」

十香發出興奮的叫聲，背影越變越小。雖然只是筆直地滑行，但她乾脆的態度實在不像是一名初學者。

「哈哈，真厲害呢，明明是第一次滑。」

「學得快也是一個原因，但重點是她完全不害怕呢。」

如此回應士道的是站在他身旁的琴里。她身穿紅色滑雪服，腳踏著黑色雙板滑雪板，悠然眺望滑雪練習場。這個人表現出來的態度也不像是個初學者。

「沒錯。十香就是這一點厲害。」

「是啊。因為害怕而突然想停下來反而危險。最重要的是要有一鼓作氣的決心。」

琴里說完揚起嘴角，露出無所畏懼的笑容。

然而經過了一段時間，琴里還是站在原地，沒有要移動的意思。

「……琴里，妳不滑嗎？」

「……！」

士道說完後，琴里微微倒抽了一口氣，感覺臉頰泛起紅暈。

「我……我要滑啊。不過，我身為〈拉塔托斯克〉的司令官，等目送所有人滑完後……」

「別擔心啦。這裡的坡度又不陡。」

「呃，可是……」

「嗯？難道說，妳不會滑嗎？抱歉、抱歉，因為妳國中教育旅行時曾經去滑雪，我還以為妳肯定會滑……」

「……！我……我當然會滑啊！你給我看著！」

琴里打斷士道說話後，戴上護目鏡，握住雪杖，嚥了一口口水。

然後在手臂施力，將滑雪板擺成八字形，慢慢地、慢慢地——用脫下滑雪板走路還比較快的速度——滑下平緩的斜坡。

「看……看吧！怎樣啊！」

「呃，不怎麼樣啊……」

「達令！」

當士道露出苦笑的時候，後方突然傳來一道聲音。是美九。

「人家還是有點害怕，需要你親自再教人家一遍……哇……哇哇哇！」

美九穿著滑雪板走近士道，卻失去平衡，腳步踉蹌。

這時，美九試圖取得平衡，胡亂揮動的手不小心推到位於附近的琴里的背。

「咦？等一——呀啊啊啊啊啊！」

琴里留下慘叫聲，以非凡的速度滑下滑雪練習場。

「琴……琴里！」

「啊啊！琴里！對不起！」

就算美九道歉，琴里也已經聽不見了。琴里的背影以比十香有過之而無不及的速度越變越小。然後，穿過較平坦的地方後便失去平衡，摔了個狗吃屎。

「那傢伙……不會滑就老實說嘛……為了謹慎起見，我去看一下她狀況如何好了。我先滑下去喔，妳沒問題吧？」

「嗯。慢慢滑的話應該沒問題，達令你去琴里的身邊看她吧。」

「嗯。那妳不要勉強，慢慢滑下來喔。」

士道如此說完後，便用雪杖向後推，循著琴里描繪的軌跡滑下山坡。

士道並不是非常擅長滑雪，但身體還記得以前教育旅行時滑雪的感覺，所以在初學者路線滑得還可以。不久後，他便抵達渾身上下都是雪的琴里身邊。

「喂，妳還好嗎？」

「唔……唔唔……」

琴里搖搖晃晃地坐起身，握住士道伸出的手，好不容易才站起來。她拍掉沾在身上的雪，露出鬧彆扭的表情撇開視線。

「……哼，怎樣啦。想笑就儘管笑。平常說話那麼臭屁的司令官竟然連滑雪都不會，你一定覺得很可笑吧。」

「我才沒那麼想。誰都有擅長和不擅長的事吧。而且，其他人也是第一次滑啊。妳就跟大家一起學會滑雪不就好了？」

「士道……」

聽見士道說的話，琴里輕聲低喃，臉頰有些泛紅地交抱著雙臂。

「說的也是。其他人都是第一次滑——」

不過，琴里話還沒說完，折紙便用宛如高山滑雪選手的優美姿勢快速地滑下山坡。

她用滑雪板滑出一道圓弧，停止後，將護目鏡往上移，吐了一口氣。動作美得像一幅畫。

「…………」

原本表情變柔和的琴里見狀，一語不發。士道連忙打圓場：

「妳……妳想嘛，折紙原本是隸屬於陸自的ＡＳＴ，運動神經當然強啊。這種程度根本難不倒她嘛。」

「……說……說的也是。她以前好歹也是自衛隊員嘛。」

琴里點了點頭，說服自己。

不過，緊接著換踏著單板滑雪板的八舞姊妹互相比賽，滑下滑雪練習場。

而且她們不只是滑動而已，還左右對稱，描繪著複雜的軌跡，展示出華麗的旋轉、利用慣性轉動雪板等平地花式技巧，同時抵達終點。

「呵呵，看來本宮的身手還沒生鏽嘛，夕弦。」

「同意。看來耶俱矢的技巧依然很熟練呢。」

說完，兩人互相擊拳。

「…………」

琴里見狀，更加沉默不語。

「琴……琴里？妳仔細想想，耶俱矢和夕弦從以前開始就比過各式各樣的事，搞不好也曾比過單板滑雪板。」

「……嗯，是啊，我知道。說的也是，那兩人會這種程度的技巧也不足為奇嘛……」

琴里臉頰抽搐，勉強同意。

於是，這次換四糸乃滑著與八舞姊妹相同的單板滑雪板而來，她的左手還套著戴上護目鏡的「四糸奈」。

因為戴著「四糸奈」，只能使用一隻手，所以選擇單板滑雪板也是理所當然的。但可能是因為平常四糸乃的形象與這狂野的風格搭不起來，琴里屏住呼吸，脫口而出：「什麼！」

而且四糸乃華麗地操控理應是第一次玩的單板滑雪板，使出不亞於耶俱矢和夕弦的技巧來到大家身邊。十香和八舞姊妹見狀後，為她鼓掌。

「四糸乃，妳好厲害啊！原來妳還會這種招式啊！」

「那……那個……因為跟操縱〈冰結傀儡（Zadkiel）〉時的感覺很像……」

「哼哼，在雪上和冰上時，四糸乃可是所向披靡喔。下次要不要去滑冰？」

四糸乃不好意思，而「四糸奈」則是得意洋洋地如此說道。

「…………」

琴里表情悲愴地沉默不語。

「呃，那個，琴里？妳不要太沮喪……」

就在士道打算安慰琴里的時候，斜坡上方傳來像剛才的琴里那樣的尖叫聲。

「呀！閃開、閃開、閃開啊啊啊啊啊！」

同時有一顆雪球朝琴里滾來。

「什麼……」

穿著雙板滑雪板的琴里想必無法立刻躲開吧，就這麼被那顆巨大的雪球追撞，再次渾身是雪地跌倒在地。

與此同時，因為那道衝擊而破裂的雪球中出現七罪的身影。看來她能鼓起勇氣滑下來是很好，但似乎在斜坡的上方跌倒，滾成雪人直接滾下坡。

「喂……喂，妳還好嗎！」

士道慌張地大喊後，扶起兩人。

「嗯，還好……」

「痛痛痛痛痛……」

琴里和七罪搓揉著疑似剛才撞到的額頭，坐起身。兩人四目相交後，七罪便一臉尷尬地挪開視線。

「……對……對不起……」

「…………」

七罪一臉抱歉地如此說道。不過，琴里卻沒有對她怒吼——

只是一把緊抱住她。

「唔……唔哇！」

想必是萬萬沒想到琴里會做出這種舉動，七罪發出錯愕的聲音。但琴里不予理會，繼續緊緊地抱住她。

「對嘛，普通是這種情況嘛。謝謝妳，七罪。我們一起慢慢進步吧……」

「咦？啥……咦！」

七罪依然不明就裡的樣子，驚訝得眼珠子不停打轉。

較晚滑下山坡的美九看到這一幕後，「哎呀！」一聲，眼睛散發出耀眼的光芒。

◇

之後的一段時間，士道一行人在雪山玩得十分開心。

初學者組在坡度平緩的路線反復練習，折紙和八舞姊妹這些高級組的則是往難度較高的路線移動。

四糸乃和十香雖然是初學者，卻擁有足以在高級組路線滑雪的實力，兩人似乎因為擔心琴里、七罪和美九，因此留下來和士道一起對她們做一對一指導。

或許是努力有了成果，在練習三小時後，所有人滑雪都滑得有模有樣。不過……由於琴里的專屬教練十香是屬於「別思考，去感受」的感覺型，因此琴里花了許多心力在抓住滑雪的訣竅。

「——呼，大家都滑得非常好了嘛。這樣的話，去坡度再稍微斜一點的路線也沒問題吧。」

「是啊，多虧你們的指導。不過，剩下的明天再繼續吧。好像快要變天了。」

說完，琴里拿下護目鏡仰望天空。天空的確布滿一片剛才未見的厚厚雲層，也開始颳起風。

山上的天氣多變化，保險起見，這時還是早點回去比較好吧。士道點了點頭同意。

「妳說的對。喂——大家，先回去吧！」

士道大喊後，待在附近的四糸乃和七罪望向十香。

「奇怪？美九跑去哪裡了？」

「啊……她剛才說還要再滑一下子，就搭上纜車走了……」

四糸乃望著滑雪練習場的上方說道。士道搔了搔臉頰。

「原來如此……不過如果是這樣，應該馬上就會滑下來了。我在這裡等她，妳們先回去吧。折紙她們好像也還待在上面，我把剩下的人集合完畢後再回去。」

「嗯……我知道了。不過，你千萬要小心喔。」

「喔，我知道啦。」

士道揮了揮手後，琴里便帶領大家走向別墅的方向。

「好了，她們在……」

士道目送完琴里等人的背影後，仰望滑雪練習場。由於初學者路線和高級者路線是隔著一片樹林相鄰，所以美九和折紙她們滑下來後應該會抵達士道的所在地。

不久後，折紙和八舞姊妹從隔壁的高級者路線一路競爭滑下來。滑雪動作還是一樣完美。

三人似乎立刻就察覺到士道的存在，不約而同地走向士道。

「士道。」

「呵呵，勞煩汝迎接吾等。吾等滑得如何？就算雪之女神也不禁看得入迷了吧。」

「提問。其他人怎麼不在？」

「喔喔，因為滑得夠久，好像也快變天了，她們就先回去了。等美九滑下來後，我們也回別墅吧。」

士道說完，三人就點了點頭表示理解。

「雲確實變多了呢。」

「嗯……啊，下雪了。」

「驚愕。真的耶。風也變強了，早點回去比較好。」

三人說的沒錯，天氣在轉瞬之間惡化。設置在滑雪場各處的擴音器播放出勸告滑雪客返回設施的廣播。

「喂、喂，真的假的啊。美九那傢伙在做什……嗯？」

士道憂心忡忡地仰望山上後，看見淡紫色服裝形成的小點——是美九穿的衣服。

一瞬間，士道以為美九正往這裡滑過來。然而，並非如此。美九的位置並非處於整頓完善的滑雪練習場上方，而是跨越禁止進入柵欄的山地。而且，美九所在的那一帶斜坡變得十分陡峭，要是不小心腳一滑，可能會直接摔落森林之中。

「她在那種地方做什麼啊？很危險——」

士道話說到一半，倒抽一口氣。因為能見度不佳，很難看清楚，但待在那裡的不只美九一個人。美九一手抓住樹木，另一隻手則是伸長握住快要從山地摔落的小女孩的手。

「那是——！」

「那傢伙該不會是想救小孩……！」

「魯莽。那樣連她自己也會摔下去。」

夕弦這麼說的瞬間，美九把小女孩拉上來，讓她抓住附近的樹木。不過與此同時，她腳下踩的雪崩塌，摔落樹叢。

「哇！呀啊啊啊啊！」

「美……美九！」

士道慌張地大叫出聲。不過，美九並沒有因此停下。她朝位於陡峭斜坡下的森林掉落，消失無蹤。

「唔——！」

士道的身體搶在他思考之前就動了起來。他擺動雪杖，朝美九消失的方向滑去。

「士道，等一下。危險。」

「追蹤。沒辦法，我們追上去吧。不過，所有人一起去不方便。耶俱矢去救那個小女孩。」

「我……我知道了！妳們小心點！」

背後傳來這道聲音後，折紙和夕弦立刻追在士道後頭。

「妳……妳們兩個……！」

「只有士道你一個人去追，會有二次遇難的危險。我也一起去。」

「首肯。士道你太有勇無謀了。不過，這一點很符合你的個性就是了。」

「……抱歉，感激不盡……！」

士道從喉嚨擠出聲音道謝後，跨過禁止進入的柵欄，在樹林間前進。

然後，不知前進了多久——發現美九趴倒在前方。

「美九！妳還好嗎？」

士道滑到她的身邊後，她虛弱地抬起頭。

「啊……達令……那孩子……」

「別擔心，耶俱矢去救她了。」

「這樣啊……唔——！」

美九話說到一半，痛苦得皺起臉孔。

「怎……怎麼了？」

「讓我看看。」

當士道慌亂不已的時候，折紙從旁邊走上前，開始觸摸美九的腳。

「骨頭沒有異常，一定是雪和樹減緩了衝擊。不過，大概沒辦法自己走路。」

「這樣啊……我知道了。折紙、夕弦，可以麻煩妳們幫忙拿我和美九的滑雪板嗎？」

士道如此說道，脫下滑雪板後，背對美九蹲了下來。

「上來吧，美九。」

「咦！達令……」

「搞什麼啊，這種時候妳才客氣嗎？」

士道苦笑著說完，美九便羞紅了臉頰回答：「那人家就失禮了！」趴到士道的背上。

瞬間，美九即使隔著厚厚的滑雪服也依然豐滿的胸部緊貼在士道的背上。士道不小心忘記現在是緊急狀況，不由自主地發出「唔！」的一聲。

「啊！人家太重了嗎？」

「不……並不是這樣。」

「…………」

「…………」

士道含糊地回答後，折紙和夕弦似乎察覺到了原因，輕蔑地瞇起眼睛。

「士道，我也扭到腳了。」

「贊同。其實夕弦也是。」

「……是、是，回到別墅之後再說。」

士道在腳上施力，將美九背起來。因為離滑雪路線有一大段距離，所以不清楚他們目前位於哪一帶，但只要照著原路走，應該就能回到剛才的地方吧。

不過，問題出在天氣。在士道等人追著美九滑下山地這段期間，雪越下越大，風也越颳越強，呈現暴風雪的狀態。

「唔……這樣子看不清楚前面啊。」

「我走前面，士道跟著我走，夕弦殿後。」

「了解。交給我吧，折紙大師。」

折紙和夕弦如此說完，便一前一後將士道和美九夾在中間。

「妳……妳可以嗎，折紙？」

「我做過雪中訓練，交給我吧。」

折紙說完凝視著前方，豎起大拇指。士道苦笑著呢喃：「……真不愧是折紙。」

「唔……士道他們怎麼那麼慢啊。」

早一步回到別墅的十香透過窗戶眺望著逐漸惡化的天氣，表情染上不安之色。

這也難怪。畢竟窗外天氣糟到可說是颳起暴風雪，士道他們卻還沒有回來。

「滑雪練習場離這裡不遠，我想他們應該不會有事……」

就在琴里如此說完後，別墅的入口方向傳來開門聲。

「！是士道嗎！」

十香瞪大雙眼，衝向玄關。琴里、四糸乃和七罪也跟著衝了過去。

結果看到的是頭和肩上積雪的耶俱矢牽著小女孩的手站在門口。可是，她的身後不見其他人的身影。

「唔……耶俱矢？其他人怎麼了？這個孩子是？」

十香說完後，耶俱矢便像淋濕的小狗一樣甩動身體，在玄關抖落雪花，慌亂地大聲說道：

「不……不好了！美九她——」

耶俱矢甚至忘記平常裝模作樣的說話語氣，簡潔地說明狀況。

十香等人聽完後，瞪大雙眼。

「妳……妳說什麼……！士道他們還在雪山！」

「真是的，到底在幹什麼啊……！」

說完後，琴里望向和耶俱矢在一起的小女孩。

「妳先在別墅裡等一下好嗎？我待會兒聯絡妳的父母。」

「好……好的。那個……」

「什麼事？」

「請妳……救救那位姊姊。我還沒有謝謝她……」

小女孩露出一副泫然欲泣的表情。琴里摸了摸小女孩的頭，對她說：「交給我吧。」接著將她帶到位於別墅深處的壁爐旁。

然後苦著一張臉走回來，稍微壓低聲音繼續說：

「──總之，先聯絡滑雪場吧。保險起見，我也會吩咐〈拉塔托斯克〉那邊組成搜索隊。」

「……可……可是，在這種天氣下，有辦法順利搜索嗎……？不，如果是〈拉塔托斯克〉的搜索隊，可能有辦法吧，但〈佛拉克西納斯〉現在正在維修吧？搜索隊要花多久時間才能來到這裡……？」

聽見琴里說的話，七罪愁眉苦臉地如此回應。琴里發出「唔！」的一聲，皺起眉頭。

七罪說的沒錯。不過，在她們討論的這段期間，暴風雪越來越強。如果放著士道等人不管，他們可能會凍死。

「到底該怎麼辦才好──」

這時，一直沉默不語的四糸乃戰戰兢兢地舉起手。

「那……那個……琴里。」

「？怎麼了，四糸乃？」

「那個……可以讓我來處理嗎？」

「咦？」

琴里歪了歪頭表示疑惑後，四糸乃便走過耶俱矢的身邊，來到風雪交加的別墅外。冰冷的結晶從側面不斷吹打她嬌小的身軀。

不過，四糸乃一點也不驚慌。她擺出祈禱般的姿勢後，靜靜地開啟雙脣。

「求求你……為了救助士道他們……請借給我力量。」

於是，彷彿回應這句話似的，四糸乃的身體發出淡淡的光芒——宛如外套的靈裝覆蓋住她的身體。

緊接著，一隻大白兔玩偶出現在四糸乃的眼前。

「那是——」

「……〈冰結傀儡〉！」

十香和琴里發出驚愕聲。沒錯，天使〈冰結傀儡〉。操縱水和冷氣，四糸乃的天使。

四糸乃輕輕點了點頭後，跨上〈冰結傀儡〉，將雙手伸進它的背部。

瞬間，〈冰結傀儡〉的雙眼釋放出紅色光芒，在周邊展開一道冷氣屏障。

就像是以〈冰結傀儡〉為中心形成一道半圓形的隱形罩。這樣看來，的確有辦法在暴風雪中前進。

「四糸乃！」

「……！」

十香呼喚她的名字後，她便一語不發地點點頭。

「唔……果然寸步難行呢……」

士道背著美九走在暴風雪中，刺骨的寒冷令他不禁皺起臉孔。指尖及腳尖早已失去知覺。這樣下去，在抵達別墅之前，他可能會精疲力盡。

「——士道，你看。」

就在這個時候，走在前方的折紙大喊。士道聽見她的聲音後，反射性地抬起頭——瞪大雙眼，「啊！」了一聲。

因為他看見前方有一棟山中小屋。

「太好了。」

折紙簡短地說完便走向山中小屋，以再自然不過的動作弄壞門鎖後，對士道他們招了招手像是在呼喚他們。

「我……我說妳啊……」

「性命比道德心重要。」

折紙說的沒錯。士道在心中默唸「之後會賠償」後，便踏進山中小屋。

光是能夠躲避暴風雪，身體就輕鬆許多。有屋頂和天花板能遮擋風雪就謝天謝地了。他慢慢放下美九，吐了一口氣。

不過，還是依舊寒冷。這樣下去，可能會得低溫症。

「有沒有什麼能夠取暖的器具……？」

「發現。有柴火暖爐。但是，沒有關鍵的火種。」

「火種啊……而且也沒有打火機……」

士道露出苦惱的表情後，折紙便將堆在一旁的木柴扔進暖爐，接著摸索口袋，從口袋裡拿出小型手電筒、面紙，以及疑似拿來包口香糖的銀紙。

「折紙……？」

「交給我。」

折紙簡單說完便把口香糖的銀紙撕成細絲，接著把銀絲條按在從小型手電筒取出的乾電池兩端。結果，銀紙的中央一帶開始冒煙。

然後用面紙引火，扔進柴火暖爐中。不久後，裡面的木柴便起火燃燒，士道等人的影子開始緩緩搖曳。

「喔喔！」

「讚嘆。折紙大師，妳真了不起。」

「呀！折紙真棒！」

士道等人你一言我一語地說完，折紙面不改色地微微點了點頭。

「這是生存的基本技能。」

總之，這下子總算能取暖了。士道等人圍著柴火暖爐聚集在一起，將手放在暖爐上方。

不久後，凍僵的手才終於能夠活動。士道吐出一口安心的氣息。

「呼……謝謝妳們，折紙、夕弦。如果沒有妳們，我跟美九可能早就凍死了。」

「真的非常謝謝妳們～～雖然我不討厭跟達令在一起，但要死還是死在床上比較好～～」

士道和美九如此說完，折紙和夕弦便搖了搖頭表示要兩人別在意。

「經過一晚，雪應該會停。在天氣穩定下來之前，最好在這裡。」

「同意。而且，耶俱矢應該已經通知琴里她們了。搞不好很快就會來救我們。」

「嗯，說的也是。只待一個晚上的話，總有辦法應付吧。」

「就是說呀～～呵呵呵，這麼說可能有點不妥當，但不覺得有點興奮嗎？漫畫裡面不是經常有這種情節嗎？男女在暴風雪中被困在山中小屋的故事……」

說到這裡——

美九像是發現到什麼事情似的抽動了一下眉尾。

不，不只美九。折紙和夕弦也一樣微微抽動臉部肌肉，彼此視線相交。

「現在處於非常危險的狀態，必須盡最大的努力生存下去。」

「首肯。不管發生什麼事，都是不可抗力。」

「就是說呀。都是為了生存下去嘛……」

「嗯……？」

士道看著三人，愣了一下子，但這時他發現了一件事，於是摸索衣服口袋，拿出手機。

沒錯。他心想如果手機有訊號，最好先聯絡琴里。

「喔，雖然很弱，不過有訊號。這樣的話……」

士道一邊呢喃，一邊撥打登錄在通訊錄裡的琴里的號碼。

「士道！你在哪裡！」

「夕弦！聽到的話就回答我！」

太陽已經完全下山，琴里等人在〈冰結傀儡〉結界的守護下，於漆黑的雪山中到處尋找士道等人的蹤影。

不過，因為暴風雪的關係，能見度不高，聲音也傳不到遠方。搜索難以有進展。

「唔……果然沒那麼容易找到。」

「不能……放棄。這次換找那邊看看吧。」

「嗯，也對——奇怪？」

琴里突然發出聲音，接著摸索衣服的口袋。因為放在口袋裡的手機正在震動。

她以為是自己剛才提出組成搜索隊的〈拉塔托斯克〉打來的——然而，並非如此。顯示在手機螢幕上的名字是「哥哥」。

「士道！」

「什麼！」

「是士道……嗎？」

十香等人對琴里的聲音產生反應，表現出驚愕的模樣。琴里急忙將電話抵在耳邊。

「士道！你現在在哪裡？其他人沒事吧？」

『嗯……抱歉，讓妳擔心了。我們都沒事。耶俱矢回到別墅了嗎？』

「回來了，小女孩也沒事。」

『那真是太好了……我們好不容易發現一間山中小屋，裡面也有暖爐，看來是不會凍死。總之，我們會在這裡等待暴風雪停歇。』

話筒傳來士道意外有精神的聲音。琴里鬆了一口氣後，望向十香等人。

「他說他們沒事，現在好像在山中小屋避難。」

「喔喔，這樣啊！」

「呵呵，果然受到幸運女神的眷顧呢。」

「太好了……」

精靈們吐了一口安心的氣息，放鬆原本緊張的表情。

不過不知為何，唯獨七罪一人眉頭深鎖。雖然七罪平常就一臉不高興的樣子，但是……表情跟平常不同。琴里納悶地歪了歪頭。

「……？七罪，妳怎麼了？」

「沒事……士道他們說在山中小屋避難對吧？要待到暴風雪停歇。」

「嗯，對啊……」

「……那表示他要跟折紙、夕弦和美九一起在密閉空間度過一晚吧？」

「啊……！」

聽見這句話，琴里抖了一下身體。

七罪說的沒錯。現在跟士道共處一室的是超級跟蹤狂折紙、敬仰她為師的魔種夕弦，以及可怕的色情狂美九。

士道和這三人共處一室，而且是處於能以互相依偎為藉口，吊橋效果超群的刺激狀況下度過一晚。

那樣簡直就像是把發抖的兔子扔進關著老虎、獅子和豹的籠子裡。就算保住一命，貞操也會陷入危機。琴里驚慌失措地加重拿著手機的那隻手的力道。

「士道！你要小心！意志要堅定喔！」

『啥？妳在說什……嗯？喂、喂，妳幹嘛靠我那麼近啊，折紙？連夕弦和美九都……！』

「士道！士道！」

『哇！等……等一下——』

就在這個時候，電話切斷了。

琴里手持傳來「嘟！嘟！」殘酷聲的手機，臉色一片鐵青。

「怎……怎麼了，琴里？士道發生什麼事了嗎？」

十香一臉不安地如此問道。琴里隨便將手機收進口袋後，猛然抬起頭。

「這樣下去，士道就危險了！四糸乃！把結界再張大一點！不快點找到士道的話，事情就不妙了！」

「我……我知道了。我努力試試看……！」

四糸乃回應琴里說的話，慌慌張張地操作〈冰結傀儡〉。〈冰結傀儡〉抬起頭，豎起體毛，開始震動身體。

於是那一瞬間，周圍響起「轟隆隆隆隆……」震耳欲聾的聲音。

「咦？」

面對這出乎意料的事態，琴里將一雙眼睛瞪得圓滾滾的。

「喂、喂，妳們到底是——」

士道呆愣地望著三人，立刻屏住了呼吸。

待在這間山中小屋裡的只有士道、折紙、夕弦和美九四人。雖然要看天氣狀況，但最壞的情況是這四人必須度過一夜。

沒錯。士道必須與這三名在精靈當中屬於行動力超強的肉食系女生共度一夜。

「………」

三名「捕食者」慢慢將視線移到士道身上。

士道感覺到自己原本溫暖幾分的背脊流下冷汗。

「——士道，你會不會冷？你需要人體的溫暖嗎？需要多少平方公分？」

「……還……還好。多虧折紙點燃暖爐，我覺得很溫暖……」

「提議。夕弦覺得穿著濕衣服容易著涼。應該趁現在全部脫掉，烘乾比較好。」

「不……不用了，滑雪衣基本上防水，沒有很濕……」

「吶，達令，你白天一直在滑雪，應該很累了吧？人家來守夜，你先小睡一下沒關係。」

「美……美九妳比較睏吧？我不睡，妳先睡沒關係。」

折紙從右方，夕弦從左方，而美九則是從後方如此低喃。

老實說，就算點爐暖爐也還是非常冷，士道也想烘乾被雪和汗濡濕的衣服，疲累到一躺下幾秒之內就會睡著。但如果他答應其中一項，不知道她們會以緊急避難這種正當的理由對自己做些什麼。

而且麻煩的是，可能是基於生存本能的關係，再加上剛才瀕臨生命危機，心臟跳動得比平常還要劇烈。另外，也許是因為體溫低和睡意侵襲而造成判斷力降低，感覺自己就快要把身體交付給折紙她們了。

「……不行、不行……」

士道緩緩地搖搖頭，鼓舞自己，堅定心意。

然而，折紙卻像是在嘲笑他的抵抗似的牽起他的手。

「你的手果然很冷。最好溫暖一下。」

「嗯……好，說的也是。最好在暖爐上方再多烤一下。」

「那樣太慢了。交給我。」

說完，折紙依舊抓著士道的手，慢慢地拉開衣服的拉鍊。然後企圖把士道的手拉進自己的衣服裡。

「什……妳……妳打算用哪裡溫暖我的手啊？」

「手冰冷的時候，夾在腋下效果最好。」

「就算是這樣也不妥！」

士道滿臉通紅地大喊。

於是，這次換夕弦像是想起什麼事情似的摸索口袋，拿出包裝好的糖果。

「提問。士道，你肚子餓不餓？」

「咦？這……這個嘛，說不餓是騙人的……」

士道回答後，夕弦便輕輕點了點頭，並且將糖果扔進自己的嘴裡。然後，在口中滾動了幾秒後張開嘴。

「轉讓。別客氣，請享用。」

接著如此說道，像是要接吻般垂下雙眼。看見她淫亂的模樣，士道不禁冒出冷汗。

「不……不用了……我其實不餓。一點都不餓！」

士道大叫後，這次從背後傳來溫柔的搖籃曲。

「寶～寶～睡，快～快～睡……♪」

「…………」

聽見這溫和的旋律，士道覺得自己的眼皮越來越重。

不過當他聽見接下來傳到他耳裡的「呵呵呵……晚安，達令」這道聲音後，赫然睜大雙眼。

「…………啊！美……美九！妳這樣太犯規了吧！」

「咦？你在說什麼？沒問題啦，就算大家睡著，還有人家會乖乖守夜～～」

說完，美九莞爾一笑。士道的表情染上戰慄之色。

總之，不能睡著。在這種狀況下，讓自己毫無防備的模樣呈現在三人面前，這種事情太可怕了，他做不到。

「……！那是……」

此時，折紙像是發現了什麼事情似的簡短說完，便走向山中小屋的角落，拿起某樣東西走了回來。

「士道，有毛毯——只有一條。」

「……！」

聽見折紙說的話，夕弦和美九有所反應，抖了一下。

然後，三人以眼神示意後，一步一步逼近士道。

「應該用這個來取暖。」

「同意。這是上天的恩賜。」

「不過，只有一條也無可奈何呢。不大家一起蓋就太不公平了。」

「只要大家緊緊依偎在一起，應該能勉強讓四個人蓋。」

「提議。那麼，為了多爭取一些空間，把衣服脫掉吧。」

「呀！夕弦，這真是個好主意！」

三人商量完畢後，同時望向士道。士道抖了一下肩膀。

「毛……毛毯妳們三個人蓋就好。我靠這個暖爐就夠——」

士道話還沒說完，折紙便慢慢走出山中小屋，從外面捧回一堆雪，扔進暖爐中。

「噫噫！」

暖爐立刻發出「滋滋滋滋……」的聲音，爐火熄滅。士道瞪大了雙眼。

「妳……妳這是幹什麼啊，折紙！這樣會撐不到天亮！」

「因為體溫低，造成我判斷力降低。折紙犯了錯。」

「怎麼看，妳頭腦都很清晰吧！」

「別擔心。電池跟銀紙都還有剩。把濕掉的木柴拿出來，再重新點燃的話就沒問題了。」

「……這……這樣啊，那妳快點……」

「不過要重新點火，必須等暖爐裡面的濕氣變乾。這段期間，得想辦法讓身體保暖才行。」

折紙如此說完，拿起毛毯攤開來。

然後，夕弦和美九配合這個動作，坐鎮在折紙的兩側。

三人將毛毯披在肩上，拉下滑雪衣的拉鍊露出白皙的胸口，對士道招了招手。

「來吧，士道。」

「引誘。快點過來，士道。」

「這裡很溫暖喔，達令。」

折紙、夕弦和美九發出溫柔的聲音如此說道。

暖爐的爐火熄滅，小屋裡的溫度驟降，她們的呼喚聲有著難以違抗的力量。

「好……好的……」

曾經體會過爐火溫暖的士道發出微弱的聲音，踏著蹣跚的腳步，宛如被捕蚊燈吸引的蟲子一樣朝三人伸出手。

然而，就在那一瞬間。

四周突然響起「轟隆隆隆隆……」的地鳴聲，隨後山中小屋開始嘎吱作響。

「怎……怎麼回事……？」

面對突如其來的異常情況，士道朦朧的意識乍然清醒。就在這個時候，響起震耳欲聾的聲音，山中小屋的屋頂被吹飛。

「噫噫！」

士道不由自主地瞪大雙眼。這也難怪。雖然跟住宅比起來，小屋的構造簡單了一點，但屋頂可不是那麼簡單就能破壞的東西——除非發生創下紀錄的颱風。

然而詭異的是不管經過多久，暴風雪都沒有從視野變得開闊的天花板吹進來。

反倒是——看見外面有一個奇妙的物體。

「那是……雪人嗎……？」

士道怔怔地低喃。沒錯，頭上長著像兔子耳朵的雪人聳立在外頭。

士道的話語中帶著疑問也是理所當然。因為那是大概有數十公尺高的超巨大雪塊。

「這究竟是……」

「——士道！」

正當士道驚訝得目瞪口呆的時候，傳來一道熟悉的聲音。

往聲音來源一看，發現雪人前站著十香和琴里等人的身影。顯現出〈冰結傀儡〉的四糸乃位於她們的後方——冷氣以她為中心形成漩渦。

此時，士道隱約理解到現在發生的現象是怎麼回事。

沒錯。是四糸乃的〈冰結傀儡〉吸收了這一帶的暴雨雪，製造出一個巨大的雪人。證據就是數百公尺外的地方仍然繼續颳著暴風雪。

看來她們是趕來救士道一行人。簡直是千鈞一髮。士道吐了一口安心的氣息。

然而——

「你——你在做什麼啊，士道！」

或許是看見在士道前方的折紙等人的模樣，琴里發出高八度的聲音。

「夕弦！折紙還有美九……妳們怎麼這副模樣啊！」

「……嗚哇！原來是這麼老套的走向啊……現充就是不一樣呢。」

「怎麼這樣……士道……」

「妳……妳們誤會了！這是因為緊急避難，算是有迫不得已的苦衷——」

士道努力想要解釋。然而，話還沒說完，琴里便猛然將大拇指朝下。

「……四糸奈，幫他稍～～微冷卻一下頭腦吧。」

「好的～～」

「等——」

在〈冰結傀儡〉發出含糊聲音的瞬間，大量白雪從上空朝士道傾洩而下。

殺人魔銀白之夜

MurdererSilver

DATE A LIVE ENCORE 5

「簡……簡……簡……」

美九身上只圍著一條浴巾，看著擴展在眼前的光景，顫抖著雙手。

「簡直是天堂啊啊啊！」

接著她如此吶喊，一把扯下浴巾，跳進「那裡」。

——一絲不掛的精靈們所聚集的大浴池。

「Hey, sister！今晚為您介紹幾位美女成員！首先介紹的是這位，夕弦小姐！啊啊！多麼豐滿的上圍！這彈性！這乳量！這形狀！稱之為世界至寶也是實至名歸！誘惑人家業障深重的雙峰！雙峰的罪孽！」

「驚愕。妳幹嘛突然這樣？」

「接著來介紹隔壁的美女，最強公主十香小姐！呀！十香的比例果然完美無缺呀啊啊！就算直接裝飾在美術館也一點都不奇怪！集藝術之美麗與少女之可愛於一身的雙重視覺享受！」

「唔！美九，妳……妳是怎麼了啊？」

「好了、好了，接下來是與夕弦小姐旗鼓相當的耶俱矢小姐！說到耶俱矢小姐的魅力，當然就在於她穠纖合度的身材！看似一手無法掌握卻意外能掌握住的胸部！平坦的小腹！看起來非常美味的，更正，是可愛的屁股！簡直是黃金比例！Golden耶俱矢！」

「這算是稱讚嗎！」

「好了，接下來要介紹的是精靈界引以為傲的苗條小姐鳶一折紙！前自衛隊訓練出來的結實肌肉形成的少女嫵媚的身體，這反差令人大量失血啊啊！醫護兵！醫護兵！誘宵美九殉死！追晉兩個階級！」

「…………」

「再來是我們的吉祥物四糸乃小姐！嬌小卻柔軟有彈性的身體，已經迷得人家神魂顛倒！將來肯定會發育得很好！啊啊！請讓人家記錄妳每天的成長啊啊啊！」

「那……那個……」

「然後，終於來了！小不點司令，五河．平胸．琴里！正值青春期的水嫩肌膚實在是太耀眼了！有別於四糸乃富有彈性的身體，讓人移不開視線啊啊啊！」

「妳還真是high耶……」

「最後的壓軸是七罪小姐！用力緊抱彷彿就會折斷的纖細身軀，真是魅力難擋啊啊啊！啊啊！好想用舌頭舔她浮出來的每一根肋骨……！」

「噁心死了……話說，這是按照什麼順序排的？是什麼順序？」

「呼！」

在大家身邊繞完一圈的美九露出滿足的微笑，浮在浴池裡。她正好占據在大家浸泡的熱水池中央，旋轉著身體環顧四周，臉上浮現憨笑，一臉幸福的表情。

看見她的模樣，周圍的人也總算鬆了一口氣。

精靈們目前的所在地並非她們所居住的精靈公寓，而是佇立在某雪山的別墅中的大浴池。其實附近也有露天浴池，但很不湊巧，因為暴風雪的緣故，只好來泡室內的浴池。

「話說回來……美九還真是有精神呢，明明昨天差點遇難。」

琴里瞇著眼睛說。美九昨天在滑雪途中為救一個眼看就要跌落懸崖的小女孩而差點遇難。所幸在大家的幫助下平安歸來，卻扭傷了腳。

「討厭啦，那種事情，在大家散發出來的療癒氣息下，早就不算什麼了～～」

美九揮了揮手說。

「好像真的是這樣耶。感覺妳的皮膚比泡澡前更光滑了呢。」

「啊，看得出來嗎？」

美九如此說完後，撫摸自己的臉頰。琴里無奈地聳了聳肩。

「唔……」

入浴後不知道經過多久，十香做出有些頭暈的動作，從浴池裡站起來。

「我好像泡太久了，頭有點暈。」

「哎呀，還好嗎？」

「嗯……不要緊。我先出去了。」

「好～～先到床上等人家吧～～」

美九揮著手如此說道。有些精靈露出苦笑，有些精靈則是一臉納悶地歪了歪頭。

——在十香離開十幾分鐘後，留在浴池的精靈們也走出浴池，在更衣室換上居家服，回到別墅內。

結果在那裡遇見看來比她們先洗完澡的士道。

「啊，士道。」

「喔喔，琴里妳們也剛洗完嗎？」

「是啊——奇怪，十香呢？」

琴里詢問後，士道「嗯？」地歪了歪頭。

「我沒看見她耶……該不會已經睡了吧？」

「我……我去看看。」

士道說完後，四糸乃微微點了點頭。戴在她左手上的兔子手偶「四糸奈」也跟著一起點頭。

「我們去看一下～～」

「啊……四糸乃要去的話，我也一起……」

七罪緊接著這麼說。四糸乃回應：「謝謝妳，七罪。」她便難為情地羞紅了臉，移開視線。

四糸乃、七罪和「四糸奈」兩人一隻結伴上樓，經過走廊，走向十香的房間。

「十香……妳還好嗎？」

「……妳在睡覺嗎？我要開門嘍。」

說完，兩人打開房門。

然後——

「——呀啊啊啊啊啊啊！」

「呀啊啊啊啊啊啊啊啊啊！」

探頭窺視房內的兩人同時發出震耳欲聾的尖叫聲。

「怎……怎麼了，發生什麼事了？」

「……！」

其他人聽見尖叫後也察覺到異狀。他們一齊抬起頭，慌慌張張地上樓。

「妳們兩個怎麼了……——！」

接著——從敞開的房門望向房內後，僵住了身體。

不過，這也是理所當然的事吧。因為擴展在眼前的是被血染得一片鮮紅的空間。

宛如一扇門兩個世界的感覺。鮮血飛濺到房間的牆壁、地板和天花板，沉默的十香就躺在正中央。

「十……十香……！」

「怎……怎麼回事……這是怎麼回事啊！」

動搖的情緒逐漸擴散到看見這幅光景的所有人身上。

然而，這不過是今晚展開的血之慘案的序章罷了。

◇

暴風雪狂亂地吹著，其中夾雜著紛亂的敲門聲。

敲門聲每響一次，所有在屋內的人便臉色蒼白，身體顫抖。

不過，那也無可厚非。因為敲著這扇房門的，是駭人至極的殺人魔。

——一開始，誰也沒有放在心上。

據說過去有個逃獄的殺人魔躲藏在這座山裡，每當颳起暴風雪，他便會盯上無法下山的觀光客，來到別墅。

任誰聽了都覺得這只是惡劣的玩笑話或都市傳說。事實上，當有人故弄玄虛提起這件事時，其他人也只是一笑置之。

然而數小時後，卻在二樓的房間內發現渾身是血的少女遺體。

房間的窗戶從外側被破壞，地板上留下大腳印。

在別墅留宿的客人陷入恐慌。這也難怪。因為殺害少女的殺人魔有可能就潛藏在建築物內。

不過，外面颳著暴風雪。現在出去外頭，別說下山了，很可能會在半途凍死。

在這段期間內，住宿客一個又一個地遭到殺害。

而如今——殺人魔正粗暴地敲打著所有人齊聚一堂的房門。

他們用沙發和書櫃等物品擋住房門，但不知道這些東西能堅持到什麼時候。實際上，每當房門外響起聲音，那些家具就會不穩固地搖晃，嘎吱作響。

不過，數秒後，房門外一片沉靜。

難道對方放棄，回到山裡了嗎……？

當所有人心中萌生希望的瞬間，房間的窗外突然出現一道巨大的人影——

「——找到你們啦～～～～～～！」

「喔哇！」

「呀！」

「……！」

耶俱矢話說到一半突然加大音量，令士道等人抖了一下肩膀。

大家聚集在關掉照明，只打開手電筒的房間。窗外颳著暴風雪，正巧跟耶俱矢剛才說的故事是同樣的狀況。

當然，在士道等人所居住的東京都天宮市，難以看見這樣的光景。

這裡是某雪山別墅內的其中一個房間。士道一行人利用假日來雪山滑雪。

今天因為天氣惡劣，提早結束滑雪，回到別墅。但耶俱矢把大家聚集到房間來，說要做些有趣的事，便巧妙地利用手電筒講起怪談。

「不……不不不要突然大聲說話啦，耶俱矢！害我嚇一跳！」

琴里整張臉冷汗直流，拚命地掩飾表情如此說道。她自以為裝出一副很平靜的模樣，但怎麼看都還是露出破綻。對了，士道記得琴里很害怕聽這種怪談類的故事。

「唔……嗯，嚇到我了。」

「很可怕……」

同樣的，十香也吃驚得瞪大雙眼，四糸乃則是不停抖著肩膀。可能是看見她們的表情，耶俱矢一臉滿足地盤起胳膊。

「呵呵……吾說的故事對汝等來說稍嫌太刺激了嗎？不過，這也難怪。畢竟本宮所說的故事是有力量的，是能將幽世的空言顯現於現世的魔法。」

不過相反的，位於房間右側的幾個人則是紋風不動。

「…………」

「呵呵呵，是這樣嗎？那真是可怕呢～～」

「……呃，嗯，還可以啦。」

「苦笑。耶俱矢竟然會說怪談，真是意外。」

折紙聽完故事後完全面不改色；美九根本沒怎麼在聽故事的樣子，只是面帶微笑觀察大家的反應；七罪則表現出好像打從一開始就知道結局的態度，挪開視線；至於夕弦，則是望向耶俱矢噗嗤一笑。

「怎……怎樣啦……」

「想起。夕弦想到以前耶俱矢在比賽試膽的途中，淚眼汪汪地緊抓住夕弦不放的事。」

「喂……喂，夕弦！」

耶俱矢羞紅了臉，大叫出聲。不過，夕弦嘻嘻嗤笑，繼續說：

「推測。會說這個故事肯定也是因為白天聽當地人說覺得太恐怖，半夜不敢一個人去上廁所，所以聚集大家，打算增加同伴。」

「喂……妳幹嘛隨便亂說啦！才不是這樣呢！我敢一個人去上廁所好嗎！只是，如果有人不敢去，我也不是不能陪她去……」

耶俱矢含糊其辭地說了。夕弦見狀，笑得更開心了。

「微笑。耶俱矢果然是個膽小鬼。明天早上可能會在耶俱矢的床上看到精彩的世界地圖。」

「笨……誰會啊！」

耶俱矢衝向夕弦，但是夕弦敏捷地閃過，走出房間。耶俱矢立刻朝地面一蹬，追著她的背影來到走廊。

「給我等一下，夕弦——！」

「逃走。三十六計走為上策。」

然後，走廊上響起「啪噠啪噠啪噠」劇烈奔跑的腳步聲。因為〈拉塔托斯克〉準備的別墅裡沒有其他住宿的客人，所以無所謂，但這兩人總是毫無顧忌地大聲吵鬧，不在意別人的感受。士道唉聲嘆了一口氣。

「真是的，這兩人還是老樣子。」

士道聳了聳肩說完，便將手抵在膝蓋，「嘿咻！」一聲站了起來。

「差不多該吃晚餐了，等她們肚子餓了應該就會安分一點吧。」

當士道正打算走出房間的時候，有人突然抓住他的衣襬。是琴里。

「嗯？有事嗎，琴里？」

「……沒有，就是那個……」
琴里難為情地左顧右盼環視其他人後，壓低聲音將臉湊近士道的耳朵。
「……我想去廁所，可以陪我去嗎……？」

◇

晚餐後，十香一臉滿足地撫摸肚子，士道和她一起走在走廊上。
雖說是別墅，但士道等人投宿的別墅非常寬闊。A棟和B棟皆為兩層樓建築構造，呈現L字型互相連結，房間數量也有十間以上。因此，從餐廳走回所有人聚集的公共空間也必須走上一小段距離。
「呼……真是太好吃了，士道，那道菜叫什麼名字？」
途中，十香像是回想起剛才的晚餐說道。士道歪了歪頭表示疑惑。
「哪一道菜？」
「就是那道像是白色的湯啊。」
「喔喔，妳是說蛤蜊巧達濃湯嗎？那是加入貝類，像燉菜一樣的料理。妳要是喜歡，下次我在家做給妳吃。」

「喔喔，真的嗎！」

聽見士道說的話，十香的眼睛散發出耀眼的光芒。士道面帶微笑點了點頭。

就在兩人邊走邊聊的時候，旁邊突然冒出一道細小的聲音。

「……吾之眷屬們啊，回應本宮的呼喚。」

「嗯？」

往聲音來源望去，發現耶俱矢躲在走廊轉角。像是想避人耳目似的縮起肩膀，對士道和十香招手。

「……？」

士道和十香互看後，老實地走向耶俱矢。然後，直接被帶往耶俱矢的房間。

房門「砰」一聲關上後，耶俱矢猛然轉過身，裝模作樣地張開雙手。

「吾之最強眷屬啊，感謝汝等應本宮召喚前來。」

「唔？」

「……呃，妳找我們有什麼事？」

十香和士道一臉納悶地歪了歪頭後，耶俱矢便乾咳了一聲，接著說：

「……其實，本宮有事相求於汝等二位。」

「有事要拜託我們？」

「嗯……」

耶俱矢有些難為情地點了點頭後，告知她「相求」的內容。

「什麼……！」

士道聽完後，驚愕得瞪大雙眼。

「──妳希望製造出『雪山殺人魔』真實存在的假象？」

「唔……這是為什麼啊？」

「就是啊，剛才我不是說了個怪談嗎？我想讓它真的發生，嚇嚇大家。」

「為……為什麼要做到這種地步……？」

「這還用說嗎！當然是要給折紙、美九和夕弦她們好看啊……！我想讓她們知道，發生恐怖的事會感到害怕是理所當然的……！」

「喂、喂……」

士道露出一抹苦笑後，耶俱矢便鄭重地低下頭。

「求求你們！幫幫我！這種事……我只能拜託你們兩位眷屬了！就當作幫我一個忙……！」

「唔……」

「唔……」

士道和十香面面相覷，低吟了一會兒後，點頭答應。

「真拿妳沒辦法。下不為例喔。」

「嗯，難得耶俱矢妳那麼誠心地拜託我們……」

「！真的嗎！謝謝你們！」

耶俱矢牽起士道和十香的手，滿心歡喜地如此說道。

——然後，時間來到現在。

十香的房間被黏呼呼的鮮血染紅，淒慘的光景擴展在眼前。雖然是依照耶俱矢的指示……但總覺得血濺得有點太誇張了。這種慘狀，如果是真正的血，很顯然是被割斷了頸動脈。之後清潔起來一定很辛苦。

話雖如此，但士道和耶俱矢兩人都不認為這樣就能瞞騙過其他人。夕弦和美九也就罷了，琴里和折紙想必不會被這種程度的事情所欺騙。事實上，十香並沒有死，只是滿身是血地躺在地上。只要用手觸摸胸口或手腕確認脈搏，立刻就會被拆穿。重點是，即使從這個位置仔細觀察，也能發現她的胸部在微微上下移動。

不過，就算這樣也無所謂。因為耶俱矢囑咐她，如果有人靠近就立刻坐起身子，嚇唬大家。

而耶俱矢早已在口袋裡藏著一張寫著「整人大成功」的紙。也就是說，只要能在一瞬間嚇到大家，就達成她的目的了。

「…………」

士道對耶俱矢使了個眼色後，耶俱矢便揚起嘴角——像是在表達「效果不錯」。

接下來只要等折紙或琴里，甚至是夕弦她們靠近十香確認她的生死，再嚇她們一大跳，就大功告成了。就算從旁邊看，也能明顯看出耶俱矢雀躍不已的心。

然而——

「十……十香……？」

「怎麼會……騙人的吧……為什麼十香會！」

「不要啊啊啊！十香！」

不知為何，出乎士道和耶俱矢的意料，所有人對十香的狀況深信不疑，事情進展得很順利。

「咦？呃，那個，各位？」

即使耶俱矢臉頰流下汗水指向十香，其他人也充耳不聞。折紙露出嚴肅的表情開口：

「大家冷靜點。不要弄亂現場，也許留有犯人的痕跡。」

「戰慄。犯人是指？」

「現在還不清楚詳細狀況，但明顯是他殺。十香被人殺死了。」

「不，折紙。妳最好再仔細看清楚，她搞不好還活著……」

士道催促般說完，折紙便將手溫柔地放在他的肩上，緩緩地搖搖頭。

「我明白你不想承認，但不能逃避現實。」

「呃，我說啊……」

「啊……該不會是——」

琴里赫然抖了一下肩膀，打斷士道說話。

「『雪山殺人魔』……！」

「……！」

琴里低喃出這個名字後，所有人的臉上便染上驚愕之色。

「那……那該不會是……」

「耶俱矢說過的逃獄犯……嗎？」

「對……除此之外，別無他想。」

「疑問。可是，十香是精靈。夕弦不認為她會那麼輕易被人類殺害。」

「我也這麼認為。不過，結果十香就是遭人殺害。那個殺人魔肯定是在山野中長期生活的期間，鍛鍊出超人般的體能。」

「怎麼會……」

四糸乃一臉不安地將眉毛皺成八字形。琴里神情嚴肅地從口袋裡拿出手機操作螢幕後，皺起眉頭。

「唔，打不通。電波被干擾了……！」

「怎麼可能！」

折紙屏住氣息，突然走出房間，奔跑在走廊上。

數分後，回到房間的折紙肩膀和頭上積了一層薄薄的雪。

「折紙，妳剛才跑到哪裡去了？」

「我去看停車場。我們搭乘的巴士輪胎被人用銳利的刀具割破了。」

「什麼……！」

聽見這突如其來的絕望情報，所有人發出不知所措的聲音。

士道和耶俱矢則是在另一層意義上發出困惑聲。

「………」

士道一語不發地望向耶俱矢。於是，耶俱矢用力搖了搖頭，表示：「不是我幹的！」

臉色蒼白的精靈們圍著暖爐中「啪嘰啪嘰」燃燒的柴火，坐在椅子上。

有好一陣子，尷尬的沉默流淌在空氣中。只有美九的啜泣聲響徹四周。

不過，這也是理所當然的吧。畢竟剛才還在跟大家談天說笑的十香，如今卻成為冰冷的屍體。而且，殺害十香的犯人很有可能還待在附近。大家會因悲傷和恐懼而感到混亂也無可厚非。

「……我們接下來該怎麼辦？」

首先打破沉默的是琴里。儘管微微顫抖著指尖，仍舊堅強地打起精神，環顧其他人的臉。

於是，夕弦微微舉起手回應：

「提議。如果『雪山殺人魔』真的存在，必須立刻逃離這裡。」

「如果逃得了早就逃了，但是沒辦法啊。外面颳著暴風雪，難以行走，而且巴士的輪胎也被人割破了……」

「那……那麼，我們……是被困在有殺人魔到處徘徊的這棟別墅裡嘍？」

聽見七罪的聲音，精靈們露出絕望的神情。耶俱矢見狀，交抱著雙臂低下頭。

在周圍其他人的眼裡看來，大概以為耶俱矢在思考或是忍不住害怕吧。但是，正好坐在耶俱矢後方的士道可以清楚看見她的臉在抽搐。

事實上，士道和耶俱矢並沒打算把事情鬧得這麼大。只是，大家的反應比預想中來得熱烈，結果事情進展得太過順利，一發不可收拾。

大家沒有察覺耶俱矢的心思，緊接著換折紙出聲發言。

「那麼，只能迎擊了。」

「迎擊是指……」

「對方的確是殺害十香的危險人物。可是，我不認為區區一介人類打得過這麼多精靈。只要做好萬全的準備，不要放鬆警戒，我們不可能遭到殺害。」

「也對……折紙說的有道理。」

琴里對折紙說的話表示贊同後，拍了拍臉頰打起精神，站起身。

「——大家今天就一起睡在這裡吧。輪流守夜，撐到天亮。大家都聽好了，絕對不可以感到絕望。只要支撐到暴風雪停歇，就可以逃出去了。」

「…………」

琴里緊握著拳頭說完後，所有人便點頭表示了解。

「那麼，先來準備吧。大家分頭去找需要的東西。不過，絕對不能一個人行動，一定要兩個人以上。美九和七罪去找食物和水，士道和耶俱矢去找符合人數的睡袋，四糸乃和夕弦可以在暖爐前整理出一個讓大家能躺下的空間嗎？」

「……咦，為什麼那麼自然地就把我和美九湊成一組？」

「我的房間有準備護身用的武器。是備用的九毫米手槍和子彈。」

「……折紙，我之前就一直想問妳了，妳知道什麼是刀槍管制條例嗎？」

「當然知道啊。」

「……反正，現在是派上用場了啦。那麼我跟折紙去她房間拿。」

「那個，聽我說……」

七罪似乎有什麼話想說，但可能是判斷現在這種場合不適合耍任性，最後還是把話吞回去。

琴里見狀後，扠腰說：「很好。」

「那麼，開始行動吧。千萬要小心。」

所有人點點頭後，便按照剛才的分配分組，在別墅中散開。

「好了，士道和耶俱矢也趕快行動吧。」

「嗯，好，知道了……我說，琴里。」

「士道，我們大家……一定要成功逃出這裡。」

「…………呃，嗯，說的也是。」

被琴里直率的眼神凝視，士道語氣含糊地如此回答。

迫不得已，只好和耶俱矢結伴走在走廊上。

「……呃，士道。」

來到其他人看不見的地方後，耶俱矢輕聲開口。

「……怎麼辦？」

「我也不知道啊。」

士道搔了搔臉頰，並且嘆了一口氣。

「總之，如果要坦白，最好趁早。拖得越久，會越難啟齒喔。」

「嗯……也是。既然看到夕弦她們害怕的表情，我也就心滿意足了。讓十香一個人一直躺在那裡，她應該會覺得很無聊吧……嗯？」

這時，耶俱矢不經意地望向窗戶，一臉納悶地歪了歪頭。

「吶，剛才有東西經過窗外嗎？」

「咦？」

聽耶俱矢這麼一說，士道也望向窗戶。然而，只看見傾斜狂吹的暴風雪。

「什麼都沒有啊……喂、喂，妳該不會也想嚇我吧？」

「沒有啊，我並沒有這種想法……唔，大概是我看錯了吧。」

耶俱矢搔了搔臉頰後，吐了一口氣說：「算了。」

「別說這個了，我們快點去拿睡袋吧。」

「嗯？不是要告訴大家實話嗎？」

「是啊。不過，大家一起睡好像很有意思嘛。而且就算說出實話，大家一個人在自己的房間睡覺，應該還是會害怕吧。」

「……妳該不會自導自演，還嚇到自己吧。」

士道瞇起眼睛無奈地說完，耶俱矢的臉頰便瞬間泛起紅暈。

「笨蛋——少瞧不起人了！我才沒害怕呢！」

「是、是，知道了、知道了。」

「唔……你真的知道嗎？」

耶俱矢對士道投以懷疑的視線。士道張開手心安撫耶俱矢。

就在這一瞬間——

廚房的方向發出物品的碰撞聲，隨後刺耳的尖叫聲響徹整棟別墅。

「呀……呀啊啊啊啊啊啊啊！」

「唔……唔哇啊啊啊啊啊啊！」

是去拿食物跟水的美九和七罪的聲音。聽見突如其來的淒厲叫聲，士道和耶俱矢不禁對看。

「怎……怎麼回事……？」

「看到蟑螂……也不至於這麼驚恐吧。」

「總之，先去看看吧。」

「啊……嗯！」

士道和耶俱矢一起朝傳出聲響和人聲的方向奔去。

於是，在路上與在大家原本聚集的地方做準備的四糸乃和夕弦碰個正著。看來她們兩個似乎也是被剛才的聲音吸引而來。
「四糸乃、夕弦！」
「士道……！」
「帶路。往這邊，動作快。」
說完，夕弦奔向廚房——卻突然停住了腳步。
跟在她身後的士道立刻便知道了理由。
因為儲存緊急糧食的廚房裡——
被鮮血染得一片通紅。
「嗚……嗚哇啊啊啊啊啊！」
士道瞪大了雙眼，高聲吶喊。
廚房的一角正如字面上所形容的，化為一片血海。而海血的中正央——躺著兩名熟悉的少女身影。
一名是美九，而另一名則是七罪。
沒有錯。她們正是剛才還在跟士道聊天的精靈。
看見她們淒慘的模樣，士道的牙根直打顫。
「不會……吧……？」

「這……這是怎麼回事……怎麼會這樣……到底是誰如此痛下殺手……」

耶俱矢和士道同樣心思混亂地按住頭呻吟。於是，夕弦皺起臉回答：

「指摘。妳在說什麼啊，耶俱矢……當然是『雪山殺人魔』幹的啊。」

「……！」

「什麼——」

聽見夕弦說的話，士道和耶俱矢瞪大雙眼，互相對視。

夕弦說的沒錯，目前擴展在眼前的慘狀，跟先前在十香房間看到的情況十分相似。疑似頸動脈被殘忍割斷的大量出血、沾滿鮮血的遺體。位於廚房內側的玻璃窗碎裂，風雪不斷從窗外吹進室內。

然而，不可能發生這種事。怎麼可能。士道和耶俱矢以眼神交流。

沒錯。因為十香在房間遇害的事是耶俱矢他們設計的整人計畫，是造假的殺人事件。

根本不存在什麼「雪山殺人魔」。

——可是如此一來，發生在眼前的究竟是……

「這……這是怎麼回事啊，耶俱矢……」

「就算你問我，我……我也不知道啊……」

正當士道與耶俱矢輕聲交談時，後方傳來有人奔跑的巨大聲響。

「……！」

士道一瞬間做出防衛的姿勢——但立刻發現腳步聲的主人是琴里和折紙。想必兩人也是聽見美九她們的尖叫聲而趕來這裡的吧。

「士道，發生什——……！」

琴里話說到一半，摀住嘴巴。

「美九、七罪……怎麼會……」

「……這裡很危險。最好先回到剛才的地方。」

折紙只是微微皺起眉頭，如此說道。想必她也並非完全不感到震驚吧。不過，身為前自衛隊員的她已在腦海裡整理好思緒，明白現在應該以什麼為優先。

「嗯，是啊……說的……沒錯。」

美九和七罪遭到理應不存在的殺人魔殺害。這百思不解的事實，令士道的腦海仍然處於一片混亂。

不過，他明白不能一直呆站在這裡。他雙手合十，對美九和七罪的遺體表示哀悼後，聽從折紙的指示，牽起因震驚而呆立在原地的四糸乃的手，回到剛才的公共空間。

經過四糸乃和夕弦的巧手打理，暖爐前整理得一乾二淨。不僅如此，四周堆滿了椅子，形成簡易的擋牆。士道等人穿過椅子的隙縫，來到暖爐前才終於鬆了一口氣。

折紙按下手持的九毫米手槍的保險，謹慎地環顧四周。

「——總之，只能在這裡撐到暴風雪停止了。」

「……是啊。」

說完，琴里也和折紙一樣舉起槍，確認手槍的準星。

「琴里……妳會使用手槍嗎？」

「……我有受過基本訓練。只是嗜好的程度罷了。」

「…………」

在意想不到的地方看見妹妹不為人知的一面，不過現在士道的心情是困惑大於感慨。

不只士道。剛才看見美九和七罪的屍體後，耶俱矢驚慌失措的模樣，即使在一旁觀看也感同身受。

「喂，耶俱矢，妳還好嗎？」

「嗯……還好……」

耶俱矢有氣無力地顫抖著肩膀，抱住頭。

「……為什麼美九和七罪會……該……該不會是因為我說了那種話……？因為我說了『雪山殺人魔』的事情，所以才成真……」

「耶俱矢！」

「……！」

士道大喊後，耶俱矢赫然抖了一下肩膀。

「怎麼可能有關係嘛。耶俱矢，妳振作一點。」

「啊……嗯，抱歉……」

耶俱矢虛弱地點點頭。

於是那一瞬間，照亮四周的電燈突然開始閃爍。

數秒後，完全熄滅。

「！什……什麼！怎麼回事？」

「戰慄。是停電嗎……」

所有人忐忑不安地東張西望。

所幸士道等人的所在處是暖爐前，還不至於完全看不見周圍。「啪嘰啪嘰」燃燒的火光隱隱約約照亮四周。

不過，火光的亮度無法與電燈相比。雙眼能辨識的範圍很小，走廊的前方和樓梯上方蟠踞著黑暗，宛如要煽動所有人的恐懼般顯露出它的深淵。

「為什麼偏偏在這種時候……」

「唔……等一下。我用手機的手電筒功能……」

就在士道如此說著，尋找手機的時候——

走廊的深處傳來輕微的腳步聲。

「……！是……是誰！」

「不要動。」

琴里和折紙發出充滿警戒的聲音，將槍口朝向發出聲音的方向。

不過，腳步聲的主人並沒有就此停止。對方發出沙沙聲和宛如拖著重物的聲響，慢慢但一步一步接近這裡。

不久後，「他」來到暖爐的火焰照耀得到的範圍——顯露出異樣的姿態。

那是一道目測身高兩公尺的高大身軀穿著破爛外套的人影。長相被兜帽完全遮蓋住，無法窺見，但偶爾可聽見他發出急促的呼吸聲。他的手上握著被血濡濕的巨大斧頭，前端朝下，在走廊上拖行。

「嗚哇啊啊啊啊啊啊啊啊啊啊！」

「呀啊啊啊啊啊！」

「這……這傢伙是怎樣啦啊啊啊啊啊！」

目睹那只能說是詭異模樣的瞬間，士道等人不由自主地大叫出聲。

古怪的人影——「雪山殺人魔」像是對他們的聲音產生反應般抖了一下後，緩緩抬起頭，加快前往士道等人所在處的步調。

「快站住。不要動。」

即使折紙提出警告，殺人魔依然沒有停住腳步。折紙輕輕咂了嘴後，將槍口稍微向下移動，朝殺人魔的腳部開槍。

「砰！」發出清脆的聲音。然而槍聲響起後，殺人魔依然沒有停止他的速度。

「什麼——」

折紙屏住呼吸，發射第二發、第三發子彈。這時，琴里也赫然抖了一下肩膀，扣下扳機。好幾發槍聲響徹整棟別墅。但是——殺人魔仍未停下腳步。

就算再怎麼黑暗也難以想像在這個距離下，折紙她們發射出去的子彈會全部失準。不對，重點在於就算子彈真的沒射中，平常人聽到槍聲通常會被嚇跑吧。

然而，殺人魔不但沒有停下腳步，反正加快步調逼近這裡。宛如身體就算中彈，也感覺不到疼痛一樣。

「士道，這裡由我們來擋住他。你們快逃。」

折紙不敢鬆懈地瞪視逼近眼前的殺人魔，以熟練的動作一邊替換手槍的彈匣一邊說道。

「可……可是……」

「少囉嗦，快點逃！不用顧慮你們，我們兩個比較好逃！四糸乃她們就交給你了！」

「唔……」

聽見這句話，士道皺起眉頭大聲回答：

「我知道了。抱歉……！我們走吧，四糸乃、耶俱矢、夕弦！」

「好的……！」

「唔……嗯……」

「首肯。拜託妳們了，琴里、折紙大師。」

四糸乃、耶俱矢和夕弦如此回應士道後，便跟隨士道離開。

一行人撥開椅子穿過公共空間，在漆黑的走廊上前進。背後響起刺耳的槍聲，與揮舞斧頭的聲響。

「——唔！」

「呀啊啊啊！」

數秒後，傳來折紙和琴里的哀號。接著背後便再也沒有傳來任何聲音。

「——！折紙、琴里……！」

不，說沒有傳來任何聲音……這句話有語病。因為從黑暗的彼方傳來殺人魔的腳步聲，和拖著巨大斧頭的低沉聲響。

「難……難不成……」

四糸乃發出不安的聲音。士道立刻就察覺到她的心思。不過——士道緊抱住她的肩膀，不讓她繼續說下去。

「……不會的。那可是折紙和琴里耶。那兩個人不可能被殺死，一定順利逃走了。」

士道說完後，四糸乃一瞬間無力地皺起眉頭，但立刻像是改變想法，點頭同意士道的說法。

「誘導。總之，現在快逃吧。」

「嗯——！」

士道點了點頭，奔跑在走廊上，逃離追逐而來的腳步聲。

不過就算再怎麼寬闊，別墅畢竟是別墅。士道等人立刻抵達了盡頭。

「唔……走廊到這裡就結束了嗎……！」

「！士道，那裡有個房間！」

耶俱矢指向左方牆壁說道。剛才因為視線昏暗沒有察覺，但那裡的確有一扇房門。

逃進房裡，換句話說，也等於是走投無路。但是，現在也別無選擇了。士道聽著殺人魔慢慢接近的腳步聲，推開房門，引導精靈們逃到房內。

「來，進去吧！」

然後自己也進去房間，鎖上房門。

不過，當然不可能就此安心。士道等人搬動房內的書櫃、椅子、沙發等家具擋在門前，形成障礙物。

數秒後，腳步聲在門前戛然而止——

接著「喀！」的一聲，響起巨大聲響。

恐怕是想用斧頭破壞房門吧。斷斷續續地響起「喀！喀！」金屬砍擊木頭的聲音，每響起一次，房門和豎立在門前的家具便會微微震動。

「……！士……士道……」

「沒事的、沒事的……！」

士道瞪著震動的房門，把手放在大家的肩上試圖讓大家安心。每當斧頭砍擊房門的聲音響起，大家的身體便微微顫抖。

「唔……」

雖然士道說不會有事，但這樣下去，房門遲早會被破壞。究竟該怎麼辦才好——

正當士道絞盡腦汁思考的時候，破壞房門的聲音突然停止。

緊接著，殺人魔的氣息從房門外消失，腳步聲越來越遠。

「咦……？」

「疑惑。他怎麼離開了？」

耶俱矢和夕弦目瞪口呆地說道。四糸乃左手上的「四糸奈」大大地歪了頭。

「該不會是因為打不開門，所以放棄了吧？」

「唔……如果真的是這樣就好了……」

士道眉頭深鎖，將手抵在下巴——

「……啊！」

他想起某件事，微微抖動肩膀。

「等一下。耶俱矢，我問妳。妳還記得妳在晚餐前說的故事嗎？」

「咦……？記……記得啊。那又怎麼了？」

「沒有啦……我記得那個故事最後也像現在一樣——」

士道話說到這裡時——

位於他們右方的窗外突然現出一道巨大的影子，隨後響起刺耳的聲音，玻璃窗應聲碎裂。

「噫——」

耶俱矢像是被那道聲音嚇到，一把抱住士道。

「耶俱矢，妳還好嗎？」

「我……我沒事啊！我……我我又沒嚇到！而且就算要死……跟你死在一起我就不怕！」

耶俱矢淚眼婆娑地如此吶喊。

殺人魔像是受到這道聲音指引，慢步前進——來到士道等人眼前，立刻高舉手上的斧頭。

面對這壓倒性的恐懼，耶俱矢發出震耳欲聾的尖叫聲。

「呀——」

「呀啊啊啊啊啊啊啊啊啊啊啊啊啊啊啊啊啊！」

於是——在這道聲音響起的同時，房內捲起濃密的風，形成壓縮的龍捲風吹向殺人魔。

「……！」

房間裡的家具和小物品被捲入，地板和天花板剝落，風之奔流穿過房間的牆壁。看來是因為精神不穩定而造成一部分靈力逆流。

就算是殺人魔，似乎也無法承受龍捲風的威力。巨大的人影與牆壁一起被風吹飛，在颳著暴風雪的雪地上呈現大字形。

「！士……士道，那是……！」

四糸乃語氣驚訝地指向倒地的殺人魔。

「嗯？怎麼了——啊！」

士道見狀，將一雙眼睛瞪得老大。

暴風雪吹開包裹住殺人魔身體的破爛外套，外套下一覽無遺，然而……

躺平在雪地上的，卻是美九和坐在她肩膀上的七罪。

「美九，還有……七罪？這是怎麼回事？那兩個人剛才……」

「啊……被發現了。」

「…………」

當士道目瞪口呆的時候，琴里和折紙從視野變得遼闊的牆壁外冒出頭來。

「咦？什麼……？」

士道發出錯愕的聲音。

◇

「──是整人嗎？」

之後，待美九和七罪恢復意識後說明狀況，士道發出訝異聲。

「沒錯。」

琴里聳了聳肩，繼續說道：

「吃完晚餐後，我偶然聽見耶俱矢你們的談話內容。好像是要製造假的殺人事件嚇唬我們。想出這種壞主意的孩子，必須給她嚴厲的懲罰才行。」

「那……那麼，十香的事情妳也……」

「怎麼可能會沒發現嘛，那種粗糙的殺人現場。況且，精靈不可能那麼容易被殺害。」

琴里瞇起眼睛鄙視地說完後，耶俱矢便發出「唔唔」一聲，一臉尷尬地移開視線。
「大家早就知道了嗎……？」
「沒有，並不是所有人。四糸乃和夕弦應該不知道。抱歉，把妳們兩人牽扯進來。」
「對不起……四糸乃……」
七罪一臉抱歉地縮起肩膀。四糸乃揮了揮手回答：「不會，別在意。」
「沒關係。更重要的是七罪妳們平安無事，真是太好了……」
「四糸乃……」
七罪露出感動萬分的表情打算靠近四糸乃，但美九卻擋住她的去路。
「討厭啦，四糸乃真是善良！想不到妳竟然這麼擔心人家！」
「美……美九……！」
「……那個，讓開，妳擋到我了。」
琴里斜眼看著她們的互動，戳了戳耶俱矢的鼻子。
「妳現在應該也了解到被嚇的人是什麼心情了吧？如果受到教訓了，就不要老是惡作劇。」
「唔……唔唔唔……」
耶俱矢一臉不甘心地板起臉孔，但立刻像是覺悟似的嘆了一口氣。
「……對不起。」

「很好。我們也要向妳道歉，做得有點過火了。我沒打算把妳嚇到靈力逆流的地步。」

琴里如此說完，溫柔地撫摸耶俱矢的頭。

然而就在這個時候，耶俱矢像是想起什麼事情似的抽動了一下眉毛。

「關於這件事啊……」

然後她一邊說著一邊慢慢移動視線，望向夕弦。

「我覺得那時吹飛美九和七罪的，好像不是我耶……」

「…………」

夕弦像是要躲避耶俱矢的視線般別開臉。不過，耶俱矢雙手夾住她的臉不讓她別開。

「我說，夕弦？當時連平常開頭會說的兩個字都嚇到忘記，還發出可愛尖叫聲的人，究竟是誰呀？」

耶俱矢用莫名開心的語氣，嘴角露出滿足的笑容說道。

「不解。夕弦不知道耶俱矢在說什麼。」

「又來了，如果感到害怕就老實說嘛，有什麼關係，又沒人會責備妳。說嘛，夕弦～～」

「拒絕。放開我。」

「妳就坦率一點嘛。沒事的，根本就沒有殺人魔的存在。」

耶俱矢調侃夕弦一會兒後，一臉滿足地吐了一口氣。

然後，像是想起什麼事情似的瞪大雙眼。

「呵呵呵……啊，對了，我跟士道去找睡袋的時候，經過窗外的是誰？那個時候美九和七罪還在別墅裡吧。」

「咦？」

聽見耶俱矢說的話，琴里、折紙、七罪和美九歪了歪頭。

「窗外……？」

「我不知道。」

「……也不是我。」

「妳在說什麼呀？」

聽見她們的回答後，耶俱矢原本開朗的臉龐流下一道汗水。

「咦……等……等一下。那我當時看到的——」

就在耶俱矢說到這裡的時候——

樓梯的方向傳來地板嘎吱作響的腳步聲。

「……！」

耶俱矢抖了一下身體。

不，不只耶俱矢。在場的所有人都感覺到一股危險的氣息，將注意力移向聲音來源的方向。

嘎吱。嘎吱。嘎吱。

腳步聲緩緩接近——在大家的面前顯露出他的姿態。

——渾身是血的身體。

「出……出現啦啊啊啊啊啊啊！」

「呀啊啊啊啊啊啊啊啊啊！」

「不會吧啊啊啊啊！」

精靈們發出尖叫，逃離現場。

「呼啊……嗯？」

十香將身體向後仰，打了一個睏倦的呵欠後四處張望。

在那之後，獨自一人留在房裡的十香在不知不覺間進入了夢鄉。

直到剛剛才清醒，便下樓朝大家的聲音走去……但不知為何，所有人一看見十香就大聲尖叫著逃走了。

「唔……大家是怎麼了啊？」

十香搔著沾滿黏稠血液的臉頰，一臉納悶地歪了歪頭。

精靈打雪仗

SnowwarsSPIRIT

DATE A LIVE ENCORE 5

「——士道！危險！」

「……！」

聽見琴里的聲音，士道反射性地將頭縮進防護牆後。

隨後，有無數顆「子彈」通過剛才士道的頭所在的位置，「啪啪啪啪啪啪啪！」擊中後方的牆壁。如果士道沒有縮起脖子，現在他可能就身首分家了。

「抱……抱歉。謝謝妳，琴里。」

「小心點。片刻的大意可是會致命的，不要隨便把頭伸出去。七罪也是，聽到了嗎？」

「……嗯，聽到了。我不會把頭伸出去。絕對不會。」

琴里大聲說完，臉色鐵青地蹲在防護牆後方的七罪便抖著肩膀如此回答。用不著琴里提醒，她似乎也完全沒有想過要將頭伸出牆後。

士道、琴里、七罪三人現在正躲在堅固的防護牆後方，勉強躲避「敵人」的攻擊。

不過這樣下去，不久後就會被擊潰。想必琴里也明白這一點吧，她一臉不甘地緊咬牙根，將手置於額頭，像是在思考突破現狀的對策。

「琴里，這樣下去我們只能坐以待斃。我來當誘餌，妳們兩人趁機前進。」

「不行，太危險了。況且就算成功了，也不過是前進一兩公尺，根本無法翻轉狀況。有沒有什麼更好的——」

琴里話還沒說完，又響起「啪啪啪啪啪！」的聲音，士道等人躲藏的防護牆開始微微震動。

「什……什麼……！」

「喂、喂，真的假的啊。怎麼可能……」

「……對方想靠威力，連這道防護壁一起擊毀嗎……？」

三人發出戰慄聲。

沒錯。可能是對完全不露臉的士道等人感到不耐煩，「敵人」似乎使出了強制手段。

「琴里、七罪！在牆壁被擊毀之前，轉為攻擊吧！」

「唔……沒辦法了。」

「不……不會吧，真的假的……？」

聽見士道說的話，琴里憤恨，而七罪則是愕然地回答。士道緊張得用唾液濡濕乾渴的喉嚨，用手拿起「子彈」。

然後擺出隨時都可衝出牆後的姿勢，扯開嗓子：

「我說，琴里！」

「什麼事，士道！」

「……打雪仗是這樣玩的嗎？」

士道悲痛的吶喊聲被有如暴風雨的雪球齊發掃射而掩蓋。

◇

當天早上，讓士道意識清醒過來的是冰冷刺骨的寒意。

因為走廊上響起「啪噠啪噠啪噠」的腳步聲，隨後房門「喀」一聲開啟，有人一把掀開了他的棉被。

「士道！不好了！」

「……唔嘎！」

原本在安寧與溫暖的化身——棉被大明神的庇護下安穩入眠的士道，因突如其來的寒氣而不由自主地扭動身軀。宛如曝曬在太陽底下的吸血鬼，或是在高溫的柏油路上痛苦掙扎的蚯蚓。

就這樣在床上扭動了十幾秒後，士道終於搓揉著乾澀的雙眼，抬頭望向來訪者的臉。

手持士道的棉被站在眼前的是一名眼熟的少女。她擁有一頭漆黑的長髮，以及一雙水晶般的眼眸。她那如洋娃娃般端整的容貌如今染上些許興奮之色。

「……十香，怎麼了？妳今天起得還真早呢。」

「嗯！」

士道慢慢地坐起身，呼喚少女的名字後，十香便點了點頭，一把拉開士道房間的窗簾。

「士道，你看外面！」

「什麼……啊──」

話說到一半，士道便察覺十香的意圖。

因為擴展在窗外熟悉的天宮市景色──

化為一片銀白世界。

「這樣啊……我還在想說天氣怎麼那麼冷，原來下雪了啊。話說回來，雪積得還真多呢。」

「嗯！大家已經在公寓的後院堆雪人了！你也快點過來吧！」

十香的眼睛散發出閃耀的光芒。天氣明明這麼寒冷，她還有辦法如此朝氣蓬勃。士道不由得露出一抹苦笑。

「知道了、知道了。我換個衣服就過去，妳先下去吧。」

「嗯，了解了！」

十香大大地點了點頭後便精神奕奕地走出房間。數秒後，士道的妹妹琴里的房間響起開門聲，接著傳來「唔呀啊啊！」的尖叫聲。看來十香不只來叫士道起床，還包括了琴里。

士道微微聳了聳肩後，下床換好衣服，離開房間。

然後遇見了用黑色緞帶綁起頭髮的少女。她是士道的妹妹，五河琴里。她的棉被疑似和士道一樣，被十香綁票了。

「……早安，士道。」

「嗯，早啊，琴里。」

士道回以問候，琴里便「呼啊啊啊」打了一個睏倦的呵欠。

「真是的，公寓組的人還真是有精神呢。明明前幾天才去雪山滑雪旅行。」

「聽妳這麼一說，還真的是耶。不過……在雪山看見的景色與日常看習慣的城市被白雪覆蓋的景色，還是別有一番風情吧。」

「……我也不是不能理解啦。那我們走吧。難得特地來叫我們，讓大家久等就太可憐了。」

「嗯，說的也是。」

兩人換好衣服，用完簡單的餐點後便直接外出，前往五河家的右邊鄰居——精靈們居住的公寓後院。

「喂——十香。」

「喔喔，你們來了啊！」

士道微微舉起手說完，正在滾動巨大雪球的十香便回過頭來。

一名嬌小的少女在十香後方收集準備用來插在雪人身上的樹枝。她隨後抬起頭說：

「啊……士道、琴里。」

「你們來得正是時候呢～我們正要組裝雪人的頭～」

少女——四糸乃，和戴在她左手上的兔子手偶「四糸奈」高聲說道。

於是，在更裡面製作另一個雪人的雙胞胎同時望向士道等人。

「呵呵，僕從啊，汝終於從黑暗的睡眠中清醒過來了嗎？世界充滿了銀白色。讓吾等盡情狂歡吧。」

「同意。這種日子睡覺太可惜了。」

八舞耶俱矢、八舞夕弦姊妹說完緊握住拳頭。順帶一提，夕弦手上戴著的是看起來很溫暖的連指手套；耶俱矢則是戴著露出指尖的皮手套，實在不像是適合用來玩雪的配備。

「……奇怪？話說，七罪——」

士道說到這裡，止住了話語。因為他在四糸乃更後方的位置發現一個縮起肩膀，看起來很寒冷的小小身影。

「……抱歉啊，我那麼沒存在感。」

七罪如此說道，露出陰鬱的眼神望向士道。士道臉頰流下一道汗水，露出一抹苦笑。

「沒……沒有啦，沒這回事……」

正當士道一臉傷腦筋地搔著後腦杓時，十香突然大喊：「很好！」

「那麼要把頭裝上去嘍！……喝啊！」

十香抱起地上的雪球，把它放到事先做好的身體上。

之後，四糸乃便將手邊收集來的小樹枝和松果、手套等物品裝飾在雪人身上。就連對士道投以不滿視線的七罪也開始幫忙四糸乃。

數分鐘後，漂亮的雪人就完成了。

「喔喔，很棒嘛。」

「還滿可愛的呢。」

「對吧！因為是我們合力完成的啊！」

士道等人如此說完，十香便得意洋洋地挺起胸膛。或許是看見十香的反應，四糸乃也雙手扠腰。片刻過後，七罪也有些難為情地模仿她的動作。

「呵，很有一套嘛。不亞於吾等八舞的雪人『雪王零式』呢。」

「首肯。很可愛……那麼，接下來要玩什麼？難得士道和琴里也一起加入，希望是能讓大家一起玩的遊戲。」

「說的也是……這樣的話，蓋雪屋或是打雪仗之類的如何？」

「蓋雪屋？」

「打雪仗？」

聽見士道提出的意見，四糸乃和十香同時歪了歪頭。

「雪屋簡單來說，就是用雪蓋成的房子。先堆一座雪山，再把裡面挖空。雖然是用雪做成的，但裡面很溫暖喔。」

「…………」

聽完說明後，有人抖了一下耳朵。是七罪。平常情緒低落的她會做出這種反應實屬難得，不過……肯定是因為用雪做成的狹窄空間這一點觸動她的心弦了吧。

「然後，打雪仗是指分隊互扔雪球的遊戲。被雪球打到就輸了。」

「哦哦。打雪仗——也就是戰爭是嗎？聽到這一點，怎麼能放過。」

「同意。夕弦覺得熱血沸騰。」

「不，不是那麼危險的事情……」

即使士道苦笑著如此說道，兩人似乎也充耳不聞。

而且不只八舞姊妹，十香也對第一次聽到的遊戲表現出興致勃勃的模樣，甚至連四糸乃似乎也被「扔雪球」這一點吸引，眼神散發出閃耀的光芒。精靈當中，只有琴里和七罪提不起興致。

「真是的……真拿妳們沒轍。」

「……我比較想玩蓋雪屋……」

不過兩人似乎也十分明白一旦引起精靈們的興趣就無法阻止，便放棄反抗似的嘆了一口氣。

「很好，那就來玩玩那個叫打雪仗的遊戲吧！總之只要捏雪球扔出去就可以了吧？」

「——妳太天真了。」

十香說完後，後方傳來這樣的聲音。

回頭一看，發現那裡站著兩名少女。一名是身穿高級大衣的高挑少女，誘宵美九。另一名則是疑似剛才發言，身穿白色迷彩裝備的纖瘦少女，鳶一折紙。

「喔，美九還有折紙。妳們兩個也來了啊。」

「是的～～人家剛才接到耶俱矢愛的呼喚～～」

「啥！才不是咧！本宮不是說是來自颶風皇女的召喚書嗎！」

「是接到來自颶風皇女的召喚書（密語）～～」

「後面可以不要加（密語）嗎！」

聽見美九說的話，耶俱矢忍不住大喊。

不過，站在她身旁的夕弦卻不怎麼在意，將視線投向折紙的方向。

「確認。話說，折紙大師，妳所謂的『太天真』是什麼意思？」

「就是字面上的意思。妳們完全不理解打雪仗的深奧。」

「深奧……？」

士道詢問後，折紙便點了點頭。

「沒錯。打雪仗是存在國際規則的正統競技。從隊伍的人數、場地的大小到雪球的大小，都有詳細的規定。」

「是這樣嗎？聽妳這麼一說，我都不知道打雪仗還有詳細的規定呢……」

「沒問題。我知道得一清二楚。」

折紙放眼望向精靈們以及公寓後院，如此說道。

「不過，憑現在的人數和環境，很難依照正式的規則來比賽。所以採用〇〇式規則。」

「〇〇式……？」

「Origami Original。」

「超不安！」

即使士道語帶哀號地大叫出聲，折紙也不予理會。

「這裡有九個人，所以就不按照正式規則，改分成三組，以多人混戰的方式來比賽。猜拳分組吧。」

折紙倏地舉起右手，其他人也跟著舉起手。

「剪刀石頭……布！」

隨著猜拳的口號聲，大家紛紛將比出手勢的手揮向前方。

「——石頭組是我、夕弦和美九。剪刀組是十香、四糸乃和耶俱矢。布組則是士道、琴里和七罪。」

折紙看著大家的手如此說道。

看見這個結果，士道不禁露出苦笑。

……既然是猜拳決定的，也無可奈何，但是……該怎麼說呢？這分組的實力高低未免也太偏頗了吧。因為士道這組的成員全是沒興致打雪仗的人。

或許是察覺到士道的心思，七罪賞他一個白眼，說道：

「……怎……怎樣啦，不想跟我一組就直說啊。」

「不，我又沒有這麼說……」

士道如此安撫七罪後，在一旁觀看的琴里便聳了聳肩小聲對他說：

「不過就某種意義來說，這樣不是正好嗎？早點被淘汰，讓剩下兩隊去比吧。」

「……贊成。我怕痛。」

聽見琴里說的話，七罪表達她消極的贊同之意。

「喂……喂、喂……我明白妳們的心情，但難得大家一起打雪仗，還是積極參與比較……」

士道對兩人說到這裡的時候，折紙開口補充規則：

「——那麼，接下來的三十分鐘，請大家在各自的陣地建造躲避雪球的防護牆，以及在自己陣地的最裡側插上旗子。全組隊員被雪球擊中，或是旗子被拔走就輸了。」

說完後，折紙瞄了士道一眼，接著說：

「——另外，雖然被雪球砸中的選手會遭到淘汰，但只要那一隊的成員成功奪取別隊的旗子，那麼淘汰的隊員就能復活，當作是獎賞。」

「原來如此，也就是說可以大膽進攻嘍。」

「旗子被拔的隊伍會被拔旗的那一隊併吞，在那個時間點，還存活的隊員就必須以那一隊的成員身分繼續對抗另一隊隊伍。」

「嗯、嗯……這一點滿重要的呢。如果在對手全員存活的情況下奪走旗子，戰力一口氣就增加了一倍。」

「而且，最後得勝的隊伍將可以得到命令敗北隊伍成員的權利作為獎賞。」

「……什麼！」

「等……等一下！這個規則是怎樣！剛才沒聽說啊！」

聽見自然追加的規則，士道不禁發出高八度的假音。

「所以我現在不是正在說明嗎？沒有任何問題。」

折紙說完後，她那一隊的隊員夕弦和美九便揚起嘴角，露出狡詐的笑容。

「首肯。沒錯，一點問題都沒有。」

「呵呵呵……要命令什麼呢？真是期待呢～～」

美九一邊說道一邊用眼神輕撫士道、琴里和七罪，舔了舔嘴脣。看見這個舉動後，三人同時打了個哆嗦。

「喂、喂，這種規則太奇怪了吧！」

士道向十香、四糸乃和耶俱矢那一隊的人求救。這種時候就應該少數服從多數。三比六的話，再怎麼樣她們都不會強行實施這種規則吧。

然而，事實卻與士道微弱的希望背道而馳，十香一臉疑惑地歪了歪頭。

「唔？所以說，只要我贏了，就能要求今天的晚餐做我愛吃的菜嗎？」

「我很期待……」

「呵呵呵！無所謂、無所謂！因為最後勝利的會是吾等！士道啊，考慮吃敗仗時的事情是亡者的思考。活著就是要向前看！」

「不……不是啦，我不是這個意思……！」

「——那麼，開始吧。建造堅固的防護牆關係到能不能勝利。」

士道打算向十香等人說明折紙的意圖時，折紙便拍了一下手打斷他。十香等人精神百倍地高聲吶喊：「喔！」接著開始在自己的陣地堆雪。

「唔……！」

事情發展到這個地步就已經無法阻止了。士道眉頭深鎖，一臉愁容。

或許是看見他的表情，後方傳來琴里和七罪不安的聲音。

「事情不妙了呢……」

「……這下子該……該怎麼辦啊？」

「…………」

士道轉身面向兩人，緊握拳頭。

「……只有一個辦法，就是取得勝利。」

◇

「……你不是說了這麼帥氣的話嗎？」

雪仗開打後，琴里一邊躲避如機關槍同時掃射的雪球奔流，語帶哀號地大喊。

「我……我有什麼辦法啊！我哪想得到她們的威力會如此強大啊……！」

士道三人將布組改成「五．七．五隊」，從雪仗開打後就一直待在初期位置的防護牆後寸步不離。當然，有幾次他們試圖轉守為攻，但每次都被白色子彈打斷了計畫。

但這個情況不只限於士道等人這一隊。位於左方陣地的石頭組，改名「鳶一小隊」也陷入類似的狀況。

沒錯。因為如今以壓倒性的火力和數量支配戰場的，是占據右方的剪刀組，改名為「白雪軍團」。

「在這種情況下，我還能怎麼辦啊！」

士道愁眉苦臉，絕望地發出呻吟。

畢竟「白雪軍團」是由精靈當中臂力最強的十香擔任前鋒，速度出類拔萃的耶俱矢擔任中鋒，因此同時擁有壓倒性的火力和廣闊的投射範圍。

而且，不僅如此。就算擁有再怎麼優秀的攻擊手，既然扔的是雪球，扔的數量就有限，製作雪球也需要時間。要攻打重視攻擊的隊伍，應該就要趁這個機會攻擊他們才對。

然而，這個方法卻不適用於「白雪軍團」。因為擔任後衛的四糸乃以猛烈的氣勢補充雪球，讓前鋒、中鋒攻擊的手一刻也不停歇。

「……那樣沒有犯規嗎？看起來就像是從『四糸奈』的口中無限供應雪球一樣……」

士道臉頰流下汗水如此說完，琴里也露出類似的表情回應：

「……我想應該是處於無限接近犯規的灰色地帶，但我們也沒有辦法提出抗議啊。」

「啊……」

就在士道等人交談的時候，戰場出現了變化。

至今始終採取防守的「鳶一小隊」成員，夕弦和美九颯爽地跳出防護牆。

「參見。夕弦不會一直讓耶俱矢妳們為所欲為。」

「哈囉！人家是大家的美九喲～～！」

說完，夕弦擺出帥氣，而美九則是擺出可愛的姿勢，像是在挑釁「白雪軍團」一樣。

「哦！汝終於出面了啊，夕弦！本宮可等得不耐煩了——呢！」

耶俱矢高聲吶喊，瘋狂地朝夕弦投擲雪球。

「回避。呼——」

不過，夕弦輕盈地翻轉身體，華麗地閃過無數的雪球。側翻、後空翻、空翻旋轉兩圈，展現出精湛的身手。

不過仔細一看，身體有些飄浮在空中。反正耶俱矢扔的雪球偶爾也會描繪出超乎常識的軌道，這樣兩人就扯平了。

「真是的，她們兩個……雖說只有微量，但竟然把靈力用在這種事情上……」

琴里板起臉，將手抵在額頭。

就在這個時候，十香拿起雪球瞄準夕弦。

不過，站在戰場正中央的美九卻挺起胸膛。

「呵呵呵，十香，妳們只對付夕弦一個人，這樣好嗎？」

「唔？」

十香像是被這句話吸引了注意力，將視線移往美九身上。於是，美九張開雙手制止十香。

「住手。聽好了，十香。人家不像夕弦能移動得那麼快，而且在沒有穿靈裝的情況下接下十香認真扔出的雪球會很痛很痛，痛得哭出來。這樣妳也忍心對人家扔雪球嗎？」

「唔……？」

十香露出納悶的表情後，像棒球投手那樣高高舉起手，扔出手上的雪球。

瞬間，耳邊響起「咻！」一聲巨響，雪球掠過美九的髮絲，撞上後方的防護壁。

「噫……噫噫噫！」

美九頓了一拍後才發出沒出息的叫聲，癱坐在地。

七罪見狀，臉色一片鐵青。

「那……那個威力是怎樣啊？要是挨了那一記攻擊，肯定不可能毫髮無傷……」

「妳說的沒錯……到底該怎麼辦才好？」

「哎呀，也不是沒有辦法抵禦喔。」

琴里回應七罪和士道說的話。

「咦？那到底要怎麼做？」

「很簡單。士道先出面，使出渾身解數來接下十香扔出的雪球。」

「嗯，在那個時間點我就已經淘汰了吧。」

「重點在接下來。雖然士道的精神被淘汰，但身體會成為防護牆一直守護著我們。」
「再怎麼殘酷也要有個限度吧！」
「我開玩笑的啦，鬧你的。」
士道大喊後，琴里便揮了揮手回答。
這時，嚇得腿軟的美九站起身來，再次大聲說：
「十……十香？妳這是幹什麼啊！力道怎麼比之前的還強！」
「嗯？不是妳叫我認真扔的嗎？」
「妳有聽清楚整段話嗎！」
「唔……那妳要我怎麼樣啊？」
「『唔……不行。我沒辦法狠下心傷害美九……』『沒關係的，十香。心地善良的妳不適合戰場。來吧，到人家的懷中……』『啊啊，美九……！』事情應該要這樣發展才對！」
「唔……唔……？」
聽見美九說的話，十香不知所措地皺起眉頭。
七罪在一旁看著兩人一來一往的對話，瞇起眼睛無奈地說：
「……我說，這是個好機會吧？」
「啊……」

琴里瞪大雙眼後拿起雪球，扔向美九。

雪球在方才熱情對十香演說的美九頭上碎裂。

「咦？啊……啊啊啊啊啊啊！」

美九用手觸摸自己的額頭，無力地倒在雪地上……這種淘汰的表達方式未免也太沒創意了。

「該怎麼說呢……」

「……嗯，這種結束方式很符合美九的個性呢。」

士道和琴里「啊哈哈」地苦笑。

「……不過就某種意義來說，事情的走向算是不錯呢。對我們來說，最糟糕的結局是『鳶一小隊』獲勝。不過，現在看來，占優勢的是『白雪軍團』。夕弦雖然閃避得很順利，但終究還是採取防守戰。只要十香她們繼續攻擊下去……」

「啊——對……對喔。只要十香她們勝利，命令權就不會落到美九她們身上……！」

「沒錯。這樣命令權頂多就是指定今晚晚餐的菜色罷了。」

琴里儘管臉頰流下汗水，還是揚起嘴角。

「……不過，中彈敗北感覺很痛，還是希望她們搶走旗子就好。」

「……嗯、嗯。贊成。」

七罪點了點頭回應琴里說的話。

琴里說的沒錯。士道等人的目的並非獲得命令權，而是不讓命令權落到「鳶一小隊」手裡。既然如此，只要「白雪軍團」繼續努力就沒有任何問題。

就在這個時候，倒臥在雪地上的美九發出不滿的聲音。

「……奇怪，該不會沒有任何人要來救人家吧？人家可是在等待吻醒公主的親吻耶……」

聽見這句話，琴里無奈地嘆了一口氣。

「……沒有人會想衝進戰場的正中央啦。話說，妳如果不快點離開，會受到牽連喔。」

琴里說完這句話的瞬間，夕弦側翻經過美九的身旁。耶俱矢的高速雪球追著她「啪啪啪啪啪！」地在雪地上一一爆開。

「噫！」

美九慌慌張張地跳起來後，直接逃到戰場外。

「真是的，還是老樣子……」

「哈哈……不過，還真像她的風格。」

「……嗯？」

就在此時，從防護牆上細長的觀察窗窺視的七罪突然發出聲音。

「怎麼了，七罪？有什麼異狀嗎？」

「……沒有啦，只是，那個雪人剛剛是在那個位置嗎？」

「咦？」

七罪疑惑地說道。於是，士道皺起眉頭。

「喔喔喔喔喔喔喔喔喔喔喔！彈幕就是力量啊啊啊啊啊啊！」

十香雙手抓住後方供給的雪球，竭盡全力扔向敵陣。

「呵呵！很好，十香！就照這氣勢！右陣和左陣都動彈不得！就這樣一口氣取得勝利吧！」

背後傳來耶俱矢高亢的聲音。十香點了點頭回答：

「嗯！這樣的話，今晚的菜色就是漢堡排跟炸蝦套餐了！」

「呵呵呵……汝在說些什麼啊，十香！吾等獲得的是絕對的命令權！甚至還可以再加上炸雞塊……！」

「妳……妳說什麼……！這樣不就是最強的菜色組合了嗎！」

「正是！那就進攻吧！為了吾等的勝利！」

「嗯！唔喔喔喔喔喔喔！」

十香大喊後，加強力道投擲雪球。

然而——

「唔……？」
十香卻停止了投擲。因為在她打算抓起下一顆雪球時，發現找不到目標物。
「四糸乃，雪球不夠了喔。麻煩妳補充！」
十香一邊說一邊將視線移向四糸乃——然後微微皺了眉。
因為先前一直不斷供給雪球的四糸乃臉龐染上了驚愕之色，面向後方。
「啊……」
「四糸乃……？」
十香一臉納悶地歪著頭，循著四糸乃的視線望去——
「什麼……！」
接著和四糸乃一樣，僵在原地。
不過，這也無可厚非吧。因為十香等人的後方——「白雪軍團」陣地的最裡側悠然聳立著一個大雪人，手上還握著「白雪軍團」的旗子。
「那個雪人是怎……怎麼回事啊！」
「不是四糸奈我們做的雪人！」
正當所有人的臉龐染上慌亂之色時，握著旗子的雪人微微抖動。不久後，雪人頭一部分的雪應聲崩落。

接著，從中冒出一顆眼熟少女的頭。

「折——折紙！」

沒錯。從雪人中現身的正是理應正與十香等人打雪仗的鳶一折紙本人。看來她鑽進事先做好的雪人隱藏自己，偷偷移動到十香等人陣地的最裡側。

「——妳們的火力確實是個威脅。但那也因此遮蔽了妳們自己的視野，結果造成我成功地接近妳們的陣地。」

「唔……！」

「怎……怎麼會……」

「總之，我奪下旗子了。『白雪軍團』沒有一個隊員被雪球扔中，所以全部都必須納入『鳶一小隊』的麾下。」

折紙俯視十香等人如此宣言。不過……因為她身上套著雪人，看起來不怎麼帥氣就是了。

話雖如此，仍舊無法改變十香她們敗北的事實。十香因懊悔而皺起臉，當場一屁股坐下，交抱雙臂。

「……妳扔吧。身為敗者，我可不想忍辱偷生。」

耶俱矢也表示同意，大聲說：

「說得好，十香。這樣才是本宮的僕從。況且……吾說折紙啊，汝是不是忘了什麼重要的事

占領

情？」

「重要的事情？」

折紙做出歪頭的動作。然而，被雪人的身體妨礙，頭部沒怎麼傾斜。

「沒錯。倘若吾等降於汝之軍門，汝當真以為吾等會依照汝之意圖行動嗎？戰場上最可怕的並非強大的敵人，而是無法信任的同伴。想必汝等也不想提心吊膽地打仗吧。」

耶俱矢「呵呵呵……」地露出邪惡的笑容說道。雖然並不是完全理解耶俱矢所說的話，但十香也跟著「呵呵呵」地擺出邪惡的表情。四糸乃也露出一副傷腦筋的神情後，有些猶豫地「……呵……呵呵呵……」發出笑聲。

不過，折紙卻面不改色地繼續說道：

「是嗎？要我在這裡了結妳們也沒有問題。不過，妳們真的沒關係嗎？」

「妳這話……是什麼意思呢？」

四糸乃詢問後，折紙便以冷靜的視線望著三人。

「在說明規則的時候，我說過勝利的隊伍可以對敗北者行使命令權。也說過——敗北隊伍沒有中彈的成員，可以直接加入勝利隊伍。」

「那又怎麼樣……啊！」

耶俱矢話說到一半，赫然抖了一下肩膀。

「怎麼了，耶俱矢，到底是怎麼回事？」

「……總之，折紙的意思是只要吾等成為她的同伴，吾等也能獲得命令士道等人的權利。」

「妳……妳說什麼？」

十香皺起眉頭，轉身面向折紙。

不過片刻過後，她又搖了搖頭改變心意。

「不……不行。雖然吃不到附有炸蝦、炸雞塊和章魚小香腸的漢堡排套餐很可惜，但……」

「十香，妳的配菜好像比剛才又多了一項？」

「四糸奈」開口吐槽，但十香不予理會，繼續說道：

「雖然可惜，但我做不到。再說了，這樣士道他們不就沒有勝算了嗎？」

「妳們應該也同意了那項規則才是。」

「唔……唔……」

聽折紙這麼一說，的確是如此。十香一臉為難地盤起胳膊。一開始覺得沒什麼問題而左耳進右耳出的規則，沒想到竟然在這時產生了疑慮。

十香發出低吟感到苦惱。不久後，折紙吐了一口氣。

「——如果妳們再浪費時間，會讓『五・七・五隊』有反擊的機會。妳們沒有參戰的意願無所謂，接下來由我們自己努力。」

「唔……」

「不過，這樣妳就得放棄附炸蝦、炸雞塊、章魚小香腸和奶油蟹肉可樂餅的漢堡排套餐。」

「什麼——！」

聽見折紙說的話，十香不禁屏住呼吸。

「奶……奶油蟹肉可樂餅……？」

聽見這蠱惑人心的名稱，十香覺得一陣頭暈目眩。但她立刻回過神來，猛力搖了搖頭。

「不……不行，可是啊……」

「我不會勉強妳。不過，很遺憾的，妳將失去難能可貴，附有炸蝦、炸雞塊、章魚小香腸和奶油蟹肉可樂餅的起司漢堡排套餐再來一盤的自由。」

「…………！」

起司漢堡排。還有這種菜色嗎？而且還可以再來一盤。十香感覺自己的視野逐漸扭曲變形。

「十……十香……！」

「不要被敵人的甜言蜜語所迷惑！」

四糸乃和耶俱矢高聲吶喊。不過，折紙在這時將嘴巴湊近兩人的耳邊，嘰嘰咕咕地呢喃了一些話。

於是下一瞬間，兩人立刻滿臉通紅。

「咦……？咦……？」

「不……不會吧……還能做到這種地步……？」

四糸乃和耶俱矢不知所措地說完，折紙便點了點頭。

然後猛然指向「五・七・五隊」，輕聲宣言：

「——戰鬥再度展開。」

「…………」

十香、四糸乃和耶俱矢互相看了一下後，「唔……」地發出輕聲呻吟。

「……到底是怎麼回事？攻擊好像停止了……」

琴里如此說道，同時慢慢朝防護牆的尾端前進。

「喂，琴里，很危險啦。搞不好——」

「我知道。」

琴里如此說完後，拿下左手手套，抓住手套的前端，伸出防護牆晃了晃。沒錯。搞不好十香她們是為了讓己方疏忽大意，才故意停止攻擊。

不過，「白雪軍團」卻沒對這個舉動投擲任何一顆雪球。

「……沒有攻擊耶。」

「……嗯。」

琴里和士道如此說道，彼此交換疑惑的眼神。

根據四糸乃或「四糸奈」的提議，暫時停止攻擊來誘惑士道的隊伍行動……並非不可能發生。但是就十香和耶俱矢的個性和反應速度，實在難以想像她們會對琴里的假動作完全沒反應。

「到底發生什麼事了？看起來也不像是把雪球扔光了……」

「……啊！」

當士道和琴里一臉納悶地低吟時，窺視觀察窗的七罪突然發出這樣的聲音。

「怎麼了？發生什麼事了嗎，七罪？」

「那……那個……十香那隊的旗子被人搶走了！」

「什麼……！」

「妳說什麼！這是怎麼回事啊！」

聽見七罪說的話，士道和琴里反射性地瞪大了雙眼，把頭探出防護牆，望向「白雪軍團」的陣地。

於是看見原本插在高高堆起的雪山上的旗子被長出手腳的雪人——不對，是被雪人裡的折紙奪走。

「折……折紙！」

士道不由自主地發出驚愕聲。不過——士道和琴里立刻便察覺了事態。恐怕是折紙躲在雪人裡，在不讓「白雪軍團」任何一個成員淘汰的情況下奪取旗子吧。

「等一下……所以說……」

七罪像是發現到什麼事情似的，發出顫抖的聲音。

彷彿顯示出不安，十香等人和折紙詳細討論了一會兒後，再次依照剛才的配置，手握雪球。

「哇！」

「噫——！」

士道和琴里屏住氣息，驚慌失措地將頭縮回防護牆後面。下一瞬間，剛才停止的攻擊又再度展開。

「唔……這樣啊，旗子在沒有人淘汰的情況下被奪走，就代表十香她們全都被納入折紙那一隊了吧。」

「……原來如此。折紙那傢伙一開始就在打這種算盤了吧……！」

正當五河兄妹一臉憤恨地咬牙切齒時，窺視觀察窗的七罪大喊：

「啊……！折紙脫掉雪人，正走回自己的陣地！」

「唔！是打算夾擊我們嗎？那麼乾脆趁現在先幹掉折紙……！」

「冷靜點！要在不被十香和耶俱矢的雪球打中的情況下擊中折紙，是不可能的事！」

「唔……可是，這樣下去的話……！」

在他們拉拉扯扯的期間，至今保持沉默的左方陣地——「鳶一小隊」也開始投擲雪球。大概是確認折紙回歸而正式攻擊士道等人吧。

雖然攻擊的數量和威力不如「白雪軍團」，但若是硬闖，肯定立刻成為白色惡魔的犧牲品。

「投擲。來吧，決一勝負吧。」

「達令～～～！琴里～～～！七罪～～～！等等人家喔～～～！人家馬上就讓你們開啟新世界的大門～～～！」

夕弦和美九的聲音混在雪球當中傳了過來。或許是聽見她們說的話，七罪抖了一下肩膀。

這樣下去，防護牆不久後就會崩塌，士道等人也會被一網打盡吧。必須在事情落到這種地步之前想辦法解決才行。

「快想啊……腦袋快點運轉啊！一定有什麼辦法才對……！」

「話是這麼說……但事情可沒有那麼簡單。」

聽見士道說的話，琴里露出嚴肅的表情。

「……來自左右兩方不間斷的攻擊，我們別說進攻了，根本是動彈不得。最糟糕的是，折紙她們似乎沒打算奪取我們的旗子。」

「她……她們是打算用雪球擊敗我們所有人嗎？」

「我想是這樣沒錯。萬一我們有機會取勝，那一定只能靠用雪球攻擊來奪取我們旗子的敵人，但是……在對方得到『白雪軍團』的戰力時，應該就不打算背負這樣的風險吧。徹底摧毀我們獲勝的所有可能性，還真符合折紙的風格呢。」

「怎麼這樣……那麼，難道我們就只能乾等防護牆崩塌嗎？」

七罪發出微弱的聲音，表情充滿悲愴。士道緊握住拳頭否定：

「別放棄……！比賽還沒有結束！比如說……我們也像折紙那樣躲在雪人裡，從後面繞到敵陣如何？」

士道說完後，琴里吐了一口長氣，並且搖了搖頭。

「行不通。如果像折紙那樣從建造防護牆的時間點開始就準備好雪人倒也就罷了，在這種狀況下要製造新的隱身衣是不可能的。況且……你以為折紙會那麼輕易上當嗎？那可是她自己曾經使用過的招數耶。」

「唔唔……那……那麼，鑽進堆積在地面上的雪裡呢……」

「……你想的辦法怎麼越來越不切實際了。就算今年的積雪比往年來得多，但積雪量還不致於多到能隱藏身體。爬著前進反而更容易成為目標。」

「唔……唔……」

士道將手置於額頭，發出痛苦的呻吟。

於是，那一瞬間——

「哇呀！」

一直受到雪球不斷攻擊的防護牆的一部分終於應聲倒塌。正好處於那個位置的七罪連忙將身子躲到殘留的牆壁後方。

「唔……牆壁也承受不住了。」

琴里如此說道，露出銳利的視線，拿起事先捏好的雪球。

「——沒辦法了。士道、七罪，使出最後的手段吧。」

「最後的手段……？妳有什麼戰略嗎？」

「嗯。我想成功率應該是士道想的十倍。」

琴里自信滿滿地揚起嘴脣。士道和七罪瞪大雙眼，發出「喔喔！」的聲音。

「到底該怎麼做？」

「很簡單。先拿好雪球，衝出牆後，華麗地閃過敵人的攻擊，同時朝折紙她們扔雪球。一人幹掉一個，清空『鳶一小隊』的陣地後，再從那裡一邊閃避十香她們的攻擊，奪取旗子，就是我們勝利了。」

琴里一邊說一邊做出扔雪球的動作。

聽見這句話，士道和七罪臉頰流下汗水。

「……呃……」

「這個就是妳的戰略……？」

「是啊。成功率應該有百分之零點一吧。」

「咦！我的計謀成功率只有百分之零點零一嗎？」

「評價太高了嗎？我就是太寵你了。」

「…………」

士道儘管一臉不悅，還是無言以對。感覺要是說了什麼不該說的話，只會降低自己的評價——更重要的是，他們連對話的餘裕都沒有了。

——「白雪軍團」如機關槍的攻擊削減了更多「五・七・五隊」防護牆的部分。防護牆已經只剩下勉強能容納三人躲藏的空間了。下次牆壁崩塌的時候，就是士道等人敗北的瞬間。

「好吧……！要死一起死。就上吧！」

士道下定決心般威風凜凜地說完便拿起雪球，接著露出銳利的目光，擺出前傾姿勢，希望增加雪球的射程範圍。

「是啊。既然要死，就壯烈地犧牲吧。」

琴里點了點頭表示同意後，將視線移往和士道同一個方向——也就是，敵陣。誘宵美九、八舞夕弦，以及鳶一折紙嚴陣以待的難以攻陷的城堡。

士道和琴里四目相交後，不約而同地點了點頭。

然而，就在兩人正要腳蹬地面衝出牆後的前一刻。

「……那個，我可以說一下我的意見嗎？」

七罪戰戰兢兢地舉起手。

「嗯，怎麼了，七罪？」

「既……既然要上戰場，我有另一個戰略想試試看……」

「！妳有什麼好主意嗎？」

「……沒有啦，就是，也不算是什麼好點子啦……啊，嗯……還是算了，沒事……」

受到士道和琴里的注視，七罪縮起肩膀，像是想要鑽進地洞裡一樣。琴里不耐煩地胡亂搔了搔頭。

「反正死馬當活馬醫吧。什麼都行，妳說說看。」

「……呃，就是啊……」

七罪被琴里催促，結結巴巴地述說她的想法。

「…………」

折紙望著受到雪球猛攻，越變越小的「五・七・五隊」防護牆，一語不發地嘆了一口氣。

戰況依照折紙想像中的進行。至少現在還未發生出乎折紙預料的事態，可說是一帆風順。

「讚嘆。一切都按照折紙大師的作戰計畫進行。」

「呵呵呵，不愧是折紙～我們的勝利就在眼前了！」

由於夕弦和折紙奪取旗子而復活的美九一邊扔著雪球一邊說道。折紙微微點點頭回答：

「——是啊。不過，這時往往容易產生不測的事態。繃緊神經，到最後都不要鬆懈大意。」

折紙說完後，兩人點了點頭回應她所說的話。

「了解。夕弦直到最後都不會鬆懈大意。」

「就是、就是～因為只要獲勝了，就能享用達令、琴里和七罪的全餐了……呵呵，唔呵呵呵呵……」

「擔憂。妳根本鬆懈得很，美九。」

夕弦瞇起眼睛，一臉受不了地望向美九。

就在這個時候——戰況出現了變化。

有人影從「五・七・五隊」被削減到當初三分之一大小的防護牆左右兩側跳了出來。

看來似乎是覺悟牆壁已經撐不下去而祭出最後的特攻作戰。

「……！夕弦、美九。」

不過，這也在折紙預料的範圍內。折紙自己也拿起雪球，對兩人下達指示。

「反應。不允許他們接近。」

「人家要擊中你們！」

夕弦和美九投擲更多的雪球來回應折紙的聲音。

不過——再怎麼處於優勢，要準確地命中移動的目標仍舊非常困難。夕弦和美九似乎也抓不到手感，無法順利命中士道等人。

「受死吧……！」

士道利用那一瞬間的機會，高高舉起手瞄準折紙，扔出手上的雪球。

雖說本來就難以擊中，但規模實在是相差太懸殊了。在士道扔出雪球的瞬間，便沐浴在「白雪軍團」的集中砲火中，沉沒於雪原上。

「呀！」

從士道反方向跳出的琴里也順利扔出一發雪球，但隨即中彈，遭到淘汰。

然而，士道投出的雪球仍在空中運轉。即使扔出雪球的選手中彈，雪球一旦被扔出，在落地之前都保有它的效力。也就是說，就算士道被淘汰，只要折紙被這顆雪球砸中也必須淘汰。

「…………！」

折紙輕輕吐了一口氣後，弓起身子向後仰。

宛如自己的周圍一瞬間呈現慢動作的感覺。士道所扔出的雪球在距離折紙鼻尖數公釐的上方掠過。

「…………」

折紙一語不發地挺直身體後，望向倒臥在地的士道。於是，渾身是雪的士道抬起他懊悔中又帶點暢快的臉。

「……真的假的啊？妳竟然躲開了剛才那球，真的太厲害了。」

「除了我——不對，是除了我、十香、耶俱矢、夕弦，其他人都躲不掉。另外，如果只限定雪球，四糸乃搞不好也能躲開。」

「……啊，能躲開的人還滿多的嘛。」

折紙老實陳述她的感想後，士道便沮喪地垂下肩膀。

「沒必要灰心喪志。剛才那一球扔得好。」

「哈哈……謝啦，就算是恭維，我也很開心。」

「不是恭維。那球很棒。士道的『球』真的很棒。」

「為什麼要強調兩次啊！」

士道語帶哀號地大喊。但是折紙不予理會，繼續說：

「——不過，結果就是結果。這場比賽，是我們獲勝。」

折紙說完後，士道躺在地上嘆了一口氣。

「妳這話說得未免太早了一點吧？妳仔細看清楚。我的確是被淘汰了，但我的隊伍可還沒有敗北。」

「…………」

折紙環顧了一下四周。和士道一樣中彈的琴里正按住肩膀坐起身，但……的確如士道所說，並沒看見另一個人的身影。恐怕，還躲在防護牆後方吧。

「你說的沒錯，照規則來說是還沒分出勝負。但是，憑她一個人不可能逆轉這個戰況。」

「……妳真的這麼認為嗎？」

士道說完，露出狂妄的微笑。怎麼想都只是在逞強，虛張聲勢。

「…………」

然而，不知為何，折紙卻感到內心騷動不安，似乎有什麼事情是她忽略掉的，但她絲毫沒有頭緒。

當折紙陷入沉思時，士道莞爾一笑。

「我很相信妳喔，折紙。相信妳——一定會躲開那顆球。」

「……！」

折紙赫然抖了一下肩膀，回頭望向後方。

結果看見——

「……呼，搶到旗子了……」

宛如暈車一般走路搖搖晃晃，站在折紙正後方，手持「鳶一小隊」旗子的七罪。

◇

結果，三隊對抗打雪仗，以「五・七・五隊」勝利收場。

原本分成三個陣地的精靈們齊聚一堂，響起掌聲讚美他們的勝利。

「七罪！幹得漂亮！」

士道一邊拍掉沾滿全身的雪一邊走到七罪身邊，用力搓揉她的頭。

於是，七罪臉色蒼白地揮開士道的手，禁止他做這個動作。

「喂……等一下。我現在很不舒服，不要搖晃我的頭……」

「啊——抱……抱歉。說的也是呢。」

士道收回手後，「啊哈哈」地苦笑。

也難怪七罪會做出這種反應。因為剛才七罪才化身為雪球，被士道扔了出去。

這個荒謬的作戰計畫，必須靠七罪這個擁有變身能力的精靈才能實行。當士道聽見七罪提出這個意見時，著實嚇了一跳……但她順利完成自己的任務。

「真是亂來。能成功是很好啦……」

接著琴里也走到七罪身邊，無奈地聳了聳肩並且嘆了一口氣。

「……沒有啦，我想說如果不這麼做就沒有勝算了……可是，嗯……妳說的對，太亂來了。的確是這樣呢。對不起，我去死好了。」

「我是在稱讚妳耶，妳聽不出來嗎！」

琴里發出八高度音回答七罪。要是放著她不管，她的情緒會越來會低落。

就在這個時候，十香像是想起什麼事情似的瞪大雙眼，「啊」了一聲。

「話說，士道，現在這種情況獎賞要怎麼辦？不是平常就是由你來決定晚餐的菜色嗎？」

「不，獎賞並不是決定晚餐菜色的權利啦……」

士道露出一抹苦笑後，搔了搔臉頰。

「…………」

於是，折紙默默無言地開始脫起她身上穿的衣服。

鳶一小隊

「什麼！妳這是在幹嘛啊，折紙！」

「……？做好準備，迎接你的命令。」

「我才不會下那種命令咧！」

「……那麼，你到底要下什麼腥羶色的命令？」

折紙一臉納悶地歪了頭。士道嘆著氣，整理好折紙的服裝後繼續說：

「我沒打算對大家下命令。硬要說的話……希望今後也能跟大家好好相處！就是這樣！」

士道如此宣言後，琴里也點了點頭表示同意。

「說的也是。我也跟士道一樣好了。」

「這樣的話……」

這時，所有人的視線集中在最後一個隊員——致勝的關鍵人物七罪身上。

不太喜歡受人注目的七罪身體抖了一下。

「……啊，我也跟他們兩人一樣……」

然而，話說到這裡時，七罪像是想起了什麼事情，止住了話語。

「……？怎麼了，七罪？」

「想下什麼命令的話，直說比較好喔。」

「……不，算不上什麼命令，不過……」

七罪猶豫了一段時間後，低聲呢喃：
「…………雪屋。」
「咦？」
「……我想進去雪屋裡頭看看。」
「…………」
聽見這句話，所有人瞬間目瞪口呆。
不過立刻又莞爾一笑，點了點頭。
「很好，那我們就來蓋雪屋吧！」
「是啊。勝者的命令是絕對要服從的嘛。」
「沒有異議。敗者只能服從。」
「喔喔！要蓋雪屋嗎！那就蓋一個大家都進得去的大雪屋吧。」
「我……我會努力……！」
「呵呵！也罷，汝等就好好見識八舞的築城技術吧！」
「首肯。夕弦去拿鐵鍬。」
「呀！七罪真可愛～～！等雪屋蓋好後，我們利用狹窄的室內來玩誘宵式推擠遊戲吧！」
「……啊，我再加一條命令。美九不能進入雪屋。」

「Why～～～！為什麼啊，七罪～～～！」

美九的哀號聲和大家的歡笑聲迴盪在公寓的後院。

精靈暗物質

DarkmatterSPIRIT

DATE A LIVE ENCORE 5

「士道！我來找你玩了！」

某個寒冬，五河士道正在自家客廳放鬆時，走廊的方向傳來「咚咚」的規律腳步聲，緊接著房門一把被打開。

「嗯？喔喔，十香。」

聲音的主人是住在五河家隔壁公寓的精靈——夜刀神十香。她甩動著漆黑如夜色的長髮，水晶般的雙眸閃閃發光，發出一如往常精神百倍的聲音。

士道扭過身軀望向她後，揮了揮手。

「妳來得正好。我剛才正好設置完畢。」

「設置？什麼東西……」

此時，十香將一雙眼睛瞪得老大，露出驚訝的神情。然後目不轉睛地凝視著客廳——正確來說，是擺放在客廳中央像桌子的東西。

「唔，那是什麼？跟平常的桌子不一樣耶。」

十香說完這句話的同時，兩名嬌小的少女，以及一對長相如出一轍的雙胞胎從十香身後冒了出來。

看來是和十香一起從公寓來到這裡的。她們和十香一樣是精靈，分別是四糸乃、七罪，以及八舞耶俱矢、八舞夕弦姊妹。

「十香……怎麼了嗎？」

「……妳擋在這裡，後面的人進不去耶。」

四糸乃和七罪說完後，十香便回答：「喔喔，抱歉。」然後往旁邊跨出一步。

接著，或許是因此看見設置於客廳的東西，八舞姊妹瞪大了雙眼。

「哦？那簡直是聳立在極寒之地的火焰之城啊！」

「首肯。夕弦記得那好像叫——暖桌。」

「暖桌？」

十香一臉疑惑地歪了歪頭。士道微微點頭，並且輕輕敲了敲暖桌的桌面，對八舞姊妹的說明進行補充：

「沒錯。簡單來說，就是結合桌子和棉被的東西。裡面裝有暖氣，棉被可以保留住暖氣。」

「唔……唔？」

十香發現出一副一知半解的模樣，皺起眉頭。於是，早一步進入暖桌的士道妹妹——琴里晃動著含在嘴裡的加倍佳糖果棒說道：

「總之，十香妳們也坐進來看看吧。很溫暖喔。」

琴里如此說完，便將臉頰貼在桌面上。那副模樣宛如軟體動物或是剛搗好的年糕……感覺要是指出這一點，她又會馬上轉換成司令官模式，所以士道還是忍住不說出口。

「唔……那我們就進去試看看吧。」

「好的……！」

「喔！」

四糸乃和戴在她左手的兔子手偶「四糸奈」舉起手回應十香。其他精靈也點頭答應，興致勃勃地敲了敲桌面，或是掀開棉被坐進暖桌。

於是——

「喔喔……！」

「這……這是……！」

精靈們驚訝得瞪大雙眼。十香和四糸乃自然不用說，就連似乎早就知道暖桌功用的八舞姊妹也彷彿受到衝擊般大喊。

「唔……原來如此，這跟空調或暖爐不同，又有另外一種風情呢。」

「暖呼呼的……」

「唔……這就像投入地母神的懷抱，救濟靈魂之涅槃……」

「指摘。耶俱矢，妳已經語無倫次了。」

精靈們妳一言我一語，開始享受起暖桌。看見這令人會心一笑的畫面，士道和琴里不禁嘴角上揚。

「啊哈哈，這東西很棒吧。冬天果然少不了暖桌啊。」

「對吧。還好我預料到大家會來，事先準備大一點的——嗯？」

說到這裡，琴里開始東張西望環顧四周。

「妳怎麼了，琴里？」

「嗯……沒有啦，只是在想怎麼沒有看見七罪。她剛才不是還在？」

「聽妳這麼一說……她到底跑到哪裡去了……嗚哇！」

士道學琴里環顧周圍後，不禁大叫出聲。

理由很單純。因為七罪不知什麼時候鑽進暖桌，宛如烏龜或是蝸牛似的，只露出一顆頭到棉被外。

「……這個……好棒……該怎麼說呢？一進去就不想出來了呢……」

然後臉頰微微泛起紅暈，露出沉醉的神情嘟囔。看來她似乎非常喜歡暖桌。

看見那宛如為她量身訂做……應該說，好像她本來就是這種生物的模樣，士道不禁露出一抹苦笑。

然後——

「啊！」

正當精靈們一臉幸福地享受暖桌時光時，客廳入口的方向又傳來一道聲音。

往聲音來源望去，便看見一名高挑的少女與宛如洋娃娃般面無表情的少女站在那裡。她們是美九與折紙，與十香等人不同，是住在市內自家的精靈。看來在十香等人大聲喧鬧的期間，她們也拜訪了五河家。

「喔……喔，歡迎妳們來。」

看見兩人的身影，士道臉頰垂下汗水，微微舉起手。

折紙只是站在原地，目不轉睛地盯著這裡，但……問題在於美九。她顫抖著雙手，露出交雜著一分歡喜、兩分興奮、七分情欲的表情，將視線集中在群聚於暖桌內的精靈們身上。

「聚……聚集在暖桌邊的美少女圖鑑……！人家真是看到了十分精彩的畫面啊……真是太美妙了……」

然後，美九萬分感動地如此呢喃後吆喝了一聲，蹬向地面，和十香她們一樣鑽進暖桌裡。

不……說一樣可能有語病。因為美九是用宛如跳進游泳池的姿勢，從頭鑽進暖桌棉被裡。

因此呈現上半身變成暖桌的怪異暖桌女狀態，雙腳則是像游蛙式一樣蠢動。棉被裡傳來含糊的笑聲。

『呵！嘻嘻！嘶……哈……！這裡是怎樣啊……世外桃源是在這種地方嗎！烏托邦……美九

烏托邦！』

「呀！」

下一瞬間，化為暖桌蝸牛的七罪發出高亢的哀號聲，衝出暖桌，就這麼跑到房間的角落，像隻豎起毛的貓凶狠地瞪視暖桌。仔細一看，不知為何，襪子只剩下一隻。

「討厭啦，壞心眼～～」

美九從七罪原本所在的位置冒出一顆頭。

……該怎麼說呢，還是老樣子呢。士道「啊哈哈」地苦笑後，將手抵在膝蓋，發出「嘿咻」一聲站起來。

「唔？士道，你要去哪裡？」

「嗯，去買晚餐的材料。大家要留下來吃晚餐吧？」

士道回答後，十香的眼睛便散發出閃耀的光彩。

「當然！所以，士道，你今天要做什麼菜？」

「唔……這個嘛，既然都把暖桌擺出來了，吃火鍋怎麼樣？今天也滿冷的。」

聽見士道說的話，精靈們發出興奮的叫聲。

「嗯，吃火鍋好耶！好期待喔！」

「可是，火鍋也有很多種耶。你要做什麼火鍋？我個人投涮涮鍋一票。」

琴里維持將臉頰貼在暖桌桌面的姿勢如此說道。於是，其他人紛紛開始舉起手。

「咦！可以接受點菜嗎？那我想吃豆漿鍋。」

「我……我覺得……清燉雞肉鍋不錯。」

「四糸奈想吃兔子鍋！開玩笑的啦！啊哈！」

「呵呵呵……適合本宮的，是帶有如烈火般灼熱的深紅煉獄！」

「翻譯。耶俱矢是說泡菜火鍋。」

「切蒲英鍋（註：秋田縣的鄉土料理。將煮熟的米飯裹在杉木棒上烘烤，再將烤好的切蒲英加入土雞熬成的高湯，加上牛蒡、雞肉、舞茸等食材而成）。」

「……話說，美九，妳差不多該把襪子還給我了吧？」

大家妳一言我一語地發表意見。士道張開手掌制止大家。

「喂、喂，就算妳們提出這麼多意見，我也沒辦法全都做啊。決定一個吧。」

「嗯，這樣啊。」

士道說完後，琴里緩慢地坐起身子，腳沒有完全離開暖桌，朝附近的櫃子伸出手……還差一點才能搆到。士道看不下去，把放在櫃子上的便條紙和筆拿給她。

「謝啦，哥哥。」

「不用謝……不過，妳想做什麼？」

「嗯，我想說既然談不攏，乾脆把大家的要求寫下來，然後抽籤決定。這樣就公平了吧。」

琴里說完將便條紙撕下，分給大家。精靈們點了點頭表示理解後，依序在上頭寫字。

大家寫完自己想吃的火鍋後，交給琴里，琴里洗完籤後再扔進暖桌中。

「妳怎麼把籤扔進暖桌啊！」

「剛好適合當籤筒嘛，又沒有其他容器可以丟。好了，快點抽吧。」

「是、是……」

就在士道將手伸進暖桌，打算從堆疊在一起的紙條中選出一張的時候——

「討厭啦！達令，你在摸哪裡呀～～」

將頭和腳尖伸出暖桌的美九羞紅了臉頰，一臉難為情地扭動著身軀。

「……！」

精靈們抖了一下肩膀。士道急忙用力搖了搖頭。

「不、不！我哪裡都沒摸喔！」

「呵呵呵，你用不著害羞啦，達令。」

「別說這種會惹人誤會的話啦！」

「……！士道，再抽一次。這次等我鑽進暖桌之後再抽。」

「妳幹嘛一邊解開衣服的鈕釦一邊說啊，折紙！」

士道發出語帶哀號的聲音後，急忙選了一張紙條，收回手。

接著深深呼吸了一口氣好讓心跳平緩下來後，將視線落在寫在那張紙條上的字。

「我看看，那麼今晚的菜單是……」

此時，士道皺起了眉頭。

不過，那也是理所當然的。因為紙條上寫的是──

「……暗黑火鍋？」

士道說完後，耶俱矢的眼睛散發出閃亮的光芒。

「汝說……暗黑？哦哦……雖然沒聽過，但是滿有意思的嘛。」

「暗黑火鍋……到底是怎麼樣的火鍋啊？」

十香一臉納悶地歪著頭問道。士道搔了搔臉頰，開口：

「唔……簡單來說，就是不知道加了什麼料的火鍋。大家準備好自己喜歡的材料，等關掉房間的燈後再一起加進火鍋裡。」

「哦！聽起來很有趣呢！」

聽完士道的說明，十香露出閃閃發光的眼神。士道臉頰流下汗水，露出苦笑。

「嗯，或許是滿有意思的啦……但不知道會煮出什麼樣的火鍋喔。話說，這是誰寫的啊？剛才提出的火鍋中沒有這一樣啊……要再重抽一次嗎？」

士道將紙條放在暖桌上後，打算再次將手伸進棉被裡。

不過就在這個時候，精靈們搖了搖頭阻止他。

「不，我想試試看那個暗黑火鍋！」

「首肯。夕弦也很感興趣。」

「不錯耶，就吃看看吧？啊，如果有人身體不舒服請告訴人家，人家會溫柔地照顧他。」

「拿到自己碗裡的食物就必須吃下去，這是暗黑火鍋絕對得遵守的規則。」

「…………」

雖然有若干名人物散發出危險的氣息，但士道也不希望在大家興頭上潑冷水。他唉聲嘆了一口氣後，聳著肩微笑道：

「真拿妳們沒轍。那就大家一起試試看吧……啊，不過材料只限定可以吃的東西喔。別忘記自己也要吃這鍋火鍋。」

「好！」

精靈們精神奕奕地舉起手回應士道。

◇

——於是，夜晚降臨。

精靈們各自買完材料後，齊聚在五河家的客廳。

所有人攜帶裝有各自材料的塑膠袋，迫不及待地等待晚餐開始。不過……也有像七罪這樣一臉不感興趣的精靈就是了。

暖桌上已經準備好桌上型電磁爐和加滿高湯的鍋子，就差把火鍋料扔進去而已了。士道環視所有人後，將手放在位於房間入口的電燈開關上。

「……很好，那差不多要開始嘍。大家，等我關掉電燈後，就把自己帶來的食材扔進火鍋裡。當然，關掉電燈後會看不見四周，趁現在先確認好火鍋的位置吧。」

「嗯！」

「了解。」

精靈們點頭表示理解。士道確認所有人都明白後，按下電燈開關。

順帶一提，在關燈的那一瞬間，耶俱矢便裝腔作勢地大喊：

「喝啊！世界啊，染上黑暗吧！暗夜極黑衝！」

因為燈光同時熄滅，因此傳來十香和四糸乃驚嚇的聲音。耶俱矢倒是有點開心的樣子。
「好了……那把材料加進火鍋吧。」
士道一邊走回自己的座位一邊說著，暖桌上便傳來「砰通砰通」的聲音。
「——好了，加進去了，士道。」
「嗯。那我也來加吧。」
士道摸索自己的塑膠袋後，將裝在裡面的食材扔進火鍋。
順帶一提，士道準備的是火鍋的基本材料，白菜和豬肉。就暗黑火鍋的概念來說，這些食材可能稍嫌無趣了些，但是……今天的目的並非製作難以下嚥的料理。既然自己也要品嚐，士道不想過於冒險。
結果——
「噫！」
在士道將火鍋料扔進火鍋後，他不禁發出驚愕聲。
理由很單純。因為有什麼東西在黑暗中撫摸了他的屁股。
「唔，你怎麼了，士道？」
耳邊傳來十香感到疑惑的聲音。士道瞇起眼睛，嘆了一口氣說：
「…………折紙，回妳自己的座位。」

士道說完後，隱約感覺黑暗中有東西在蠢動。

「──你為什麼會知道？是愛的力量嗎？」

「因為會摸黑做出這種事的人，就只有妳啦！」

「你就這麼相信我嗎？我好高興。」

「拜託妳，別故意曲解我說的話啦……真是的，好了，我要開始煮火鍋嘍。」

士道再次嘆息後如此說道，接著按下電磁爐的開關。

──等待十幾分鐘後。

隨著咕嘟咕嘟的聲音，客廳裡飄散著一股香氣。

「喔喔……好香的味道啊！」

「嗯、嗯。說是暗黑火鍋，不知道會煮出怎麼樣的味道，看來還不錯喔！」

十香和琴里等人發出雀躍的聲音。因為關掉電燈，看不見她們的表情，不過能輕易想像出她們歡欣鼓舞的模樣。

「好了……那差不多可以吃了吧。誰要先撈？」

「啊，我來好了……」

戰戰兢兢地回答士道的，是四糸乃的聲音。

「四糸乃啊。因為很暗，妳要小心撈喔。」

「好的……！」

「很好，那四糸乃妳開始撈吧。湯勺呢……找到了、找到了。」

黑暗中傳來器具碰撞的聲音、湯勺沉進高湯的聲音——以及之後四糸乃的吹氣聲。

「嗯……！嚼嚼……」

「……怎……怎麼樣，四糸乃？如果吃到什麼奇怪的東西，可以吐掉喔！」

可能是顧慮四糸乃，七罪發出憂心忡忡的聲音。不過，四糸乃一口嚥下嘴裡的東西，「呼」地吐了一口氣。

「沒事……吃到的是水煮蛋。因為浸在高湯裡，就像關東煮一樣，很好吃。」

四糸乃說完後，琴里「喔！」地叫了一聲。

「那是我放的火鍋料！妳中大獎了！」

說完，琴里「啪啪」地鼓起掌。

士道吐了一口安心的氣息。看來琴里也沒有選擇太古怪的食材。

不過，那也是理所當然的事。琴里好歹是〈拉塔托斯克〉的司令官，應該不希望承擔讓精靈們吃下怪食物而導致精神狀態不穩定的風險吧。

「呃，那麼下一個……」

「下一個換我。」

折紙緊接著發出聲音。黑暗中傳來撈起火鍋料的聲音和微弱的咀嚼聲。

「提問。折紙大師，妳撈到了什麼？」

「……這個大概是……番茄。」

折紙淡淡地回答夕弦的問題。於是，這次換美九出聲回應：

「啊，那是人家放的。因為人家聽說也有番茄鍋這種火鍋～味道怎麼樣？」

「沒問題。」

說完後，折紙便將撈到自己碗裡的東西吃完，發出「叩咚」一聲將碗放到暖桌上。

——就這樣，五河家的精靈暗黑火鍋拉開意外和平的序幕。

繼折紙之後，其他人也依序品嚐火鍋，但似乎沒有加入過於標新立異的火鍋料。火鍋這種料理，的確也有不合適的食材，但頂多只是小黃瓜、蘋果這類可以一笑置之的食材。士道等人和樂融融地享受這有些另類的暗黑火鍋。

「那麼，接下來換——」

「換我！我等不及了！」

十香發出精神百倍的聲音打斷士道說話。與此同時，她的肚子傳出「咕嚕嚕……」的巨大聲響。看來似乎讓她久等了。

「啊哈哈……抱歉、抱歉。妳吃吧，十香。」

「嗯！」

十香爽朗地回答後，便盛起火鍋料放進碗，豪爽地塞進嘴裡。

「嗯唔！嗯嗯……」

「怎麼樣……十香？」

「妳吃到什麼？」

精靈們興致勃勃地詢問十香。於是，十香一邊咀嚼火鍋料一邊回答：

「嗯，這大概是水餃……嗯咕！」

然而下一瞬間，十香話說到一半突然屏住氣息，就這麼倒向後方。

「十……十香！」

「呀！妳沒事吧！」

面對出乎意料的事態，五河家的客廳陷入一片騷然。士道在黑暗中摸索，來到十香身邊後搖晃她的肩膀。

「喂、喂——十香……？」

「唔……唔……」

經過士道的呼喚，十香像夢魘般發出痛苦的呻吟。看來似乎不是食材卡到了喉嚨。士道見狀，暫時鬆了一口氣。

「好像……沒事的樣子。」

「嗯，是啊……不過，她到底是怎麼了？該不會……」

士道的腦海裡掠過一種荒謬絕倫的想像。

沒錯。士道等人現在吃的是暗黑火鍋，是不知道裡面放入什麼食材的地獄鍋。

搞不好，十香是吃到了什麼──強烈到令她失去意識的「籤王」食材。

其他人應該也是同樣的想法吧，一副難以置信的樣子高聲說道：

「不……不會吧……要是其他人倒也就罷了，她可是十香耶！」

「戰慄。一時之間難以相信……那個十香竟然倒下了。」

「十香竟然昏倒了……咦！該不會有下毒吧！是一滴就能殺死鯨魚那類的毒藥嗎！」

……說得還真狠。

不過，也不是不能理解她們的心情啦。竟然能讓超級大胃王十香昏倒，到底是怎樣的──

「唔……！」

正當士道陷入沉思的時候，琴里突然發出奇妙的聲音。

「怎麼了，琴里？」

「這……這個……應該是十香用的碗吧？有點……」

「？怎……怎麼樣……？」

士道將臉湊向琴里發出聲音的方向——

「唔嘎……！」

結果和琴里一樣發出這樣的叫聲。

不過，這也是理所當然的事。因為從疑似是十香拿過的碗飄散出來歷不明的惡臭味。

「這……這是什麼啊……」

士道不由得捏住鼻子如此說道，然後疑似是折紙的黑影靠了過來。她將臉湊進碗後，嗅了嗅味道。

「……這個臭味，我以前曾經聞過一次。恐怕是鹽醃鯡魚。」

「鹽醃……是那個有名的臭罐頭嗎？」

「沒錯。不過，不只如此，還能聞到其他不同的臭味成分。這些成分複雜地混合在一起，化為殺傷力猛烈的凶器。」

「可……可是，那麼臭的食物，為什麼之前都沒有人發現？」

「……啊。」

發出聲音回應士道疑問的並非折紙，而是七罪。

「七罪，妳有什麼頭緒嗎？」

「……啊，沒什麼，不是什麼重要的事……只是十香在昏倒前好像說了水餃。」

聽見七罪說的話，士道赫然抖了一下肩膀。

「難道是包在水餃皮裡面，讓人吃到之前都不知道內容物是什麼嗎？到……到底是誰這麼費功夫……」

士道說完後，位於客廳裡的精靈們開始吵嚷了起來。看來，沒有人有頭緒。

「……到底是怎麼回事？」

士道皺起眉頭。當然，這鍋暗黑火鍋是士道等人剛剛才煮的，火鍋料全是他們自己準備的。除非大家帶來的食材會產生神祕的化學反應，轉變成新的物質，否則十香吃到的惡臭食物勢必也是這當中的某個人扔進火鍋裡的。

不過，沒有人承認。

是有人說謊嗎……應該也不太可能。就算是為了惡作劇而準備了那樣的食材，士道也不認為這當中會有人把十香弄昏倒了還置身事外。

……如果是以前的折紙倒是有可能啦，不過她現在已經跟其他精靈建立起良好的關係，應該不會做出這種不知輕重的事才對。

「……搞不好火鍋裡還加了什麼其他東西。先打開電燈確認一下好了。大家同意嗎？」

士道說完後，感覺精靈們一齊點了點頭。

「好……好的……！」

「也罷。本宮允許汝驅散黑暗。」

士道點頭回應後，當場迅速站起身，走到客廳入口處。然後摸黑找到開關後，發出「啪嘰」一聲按下開關。

然而——

「奇怪……？」

他明明按下了開關，客廳卻仍舊漆黑一片。士道覺得疑惑，重複操作了幾次後，還是得到同樣的結果。

「你在幹什麼啊，哥哥？快點打開電燈啊。」

「好……好啦……怎麼這麼奇怪？該不會是跳電——」

士道說到一半——

突然止住話語。

理由很單純。因為他的耳邊傳來輕微但確切的笑聲。

沒錯——

「——嘻嘻嘻，嘻嘻。」

那耳熟的笑聲。

「什麼……！」

士道不禁屏住呼吸——下一瞬間，他的嘴巴被手掌摀住。

「唔……唔咕！」

「疑惑。你怎麼了，士道？」

或許是對士道突然發出含糊聲音的舉動感到納悶，夕弦如此詢問。結果，士道的腳正好在此時緩緩沒入地面。

「……！」

士道記得這種感覺。沒錯——是被「影子」吞沒的感覺。

他胡亂擺動手腳。然而，抵抗無效，士道的身體完全沒入「影子」之中。

「——噗哈！」

來到比漆黑房間更加黑暗的空間後，摀住士道的手便鬆開，士道因此得以大口喘息。

接著他露出銳利的視線瞪視方才將自己拖進「影子」裡的人物。

「……狂三。」

士道用充滿警戒的聲音說完，佇立在他身旁的少女便發出嘻嘻嗤笑。

四周明明一片漆黑，卻能清楚捕捉到那名少女的身影。血紅與暗黑交織而成的洋裝、綁成左右不均等的黑髮，以及——滴答滴答刻劃著時間的金色左眼。

沒錯，不會錯。那是甚至被喚為最邪惡精靈〈夢魘〉(Nightmare)，時崎狂三的模樣。

「哎呀、哎呀。不要這麼惡狠狠地瞪我嘛。難得人家特地來找你玩，你卻這麼對待我，我可是會哭的喲。」

狂三開玩笑地如此說道。

不過，聽見她那戲謔的語氣，士道卻直冒冷汗。

這也難怪。畢竟士道現在是被囚禁在她的「影子」中。即使說生殺大權完全掌握在她手上也不為過。

「……妳到底打算怎麼樣，狂三？」

「呵呵呵，就像我剛才說的一樣。我只是——想和士道和其他人玩一下而已。」

「玩……？」

士道皺起眉頭說完，狂三便回答：「是啊。」

「最近你似乎跟嬌嫩欲滴的少女們玩得很瘋嘛……」

「把人說得這麼難聽……」

「哎呀，這是事實不是嗎？」

狂三像是以士道的反應為樂似的如此說道，然後接著說：

「你似乎玩得很開心嘛。在我必須四處奔走的時候，去雪山滑雪、住別墅、回到天宮市後打雪仗，而且還蓋雪屋……是沒有任何問題啦。你愛怎麼跟女生玩，沉浸於女色之中，我都完全無所謂。」

「…………」

士道臉頰流下汗水，沉默不語。嘴上說無所謂，但總覺得是口是心非，有種被排擠的小孩在鬧彆扭的強烈感覺。

但對方可是最邪惡精靈，最好不要聽信她表面上說的意思。士道感到有些緊張和戰慄，接著說道：

「所以……妳說想玩，究竟是打算做什麼？」

「你已經在陪我玩了呀——玩我準備的那個紙條上的遊戲。」

「……！妳說什麼？」

聽見狂三說的話，士道不禁露出愁苦的表情。

這也難怪。因為在狂三現身的當下，士道就隱約察覺到停電和十香吃下的神祕食材是狂三幹的好事了。只是他萬萬沒想到竟然連暗黑火鍋這個提議都是狂三一手促成。

或許是非常喜歡士道的反應，狂三樂開懷地嘻嘻嗤笑。

「沒錯、沒錯，正是如此。因為大家滿心歡喜地在討論今晚的菜色，我就雞婆地幫了你們一把。呵呵呵，我把氣氛炒得很熱吧？」

「妳……到底在那個火鍋裡加了什麼？該不會真的下毒了吧……」

「我才沒下毒呢。我不是說了嗎？我今天只是來玩的，沒放什麼不能吃的東西。十香只要繼續躺著休息，應該也會馬上清醒過來。」

「…………」

儘管這番話聽起來十分可疑，但現在也只能相信了。她雖然是非常危險的精靈，但應該不喜歡違背自己定下的規矩才是。

彷彿察覺到士道的思緒，狂三輕聲笑道：

「我的要求只有一個。再和我多玩一會兒吧。」

「多玩一會兒……妳打算再繼續進行那個暗黑火鍋嗎……？」

「是啊，沒錯。因為難得我特地準備了一大堆食材，卻只有十香一個人品嚐到，不覺得很心酸嗎？」

「一大堆……食材……」

聽見這帶著萬分不祥的話語，士道不禁打了個哆嗦。

要繼續品嚐還剩下一大堆一口就將十香擊潰的特選食材火鍋，這意味著什麼，士道輕而易舉就能想像出來。

但是嚴厲拒絕也難以說是上策。只要狂三有心，在場的所有人全都吃不完兜著走。士道等人現在可說是因為狂三的一時興起，才得以保住小命。

「呵呵呵，呵呵。你明白了嗎？——啊啊，請千萬不要告訴大家我的事情。要是喧鬧起來，就不好『處理』了。」

「唔……」

聽見狂三語帶威脅的話語，士道緊咬牙根。

不過，現在只能對她言聽計從。士道緊握拳頭後，微微舉起手表示了解。

於是，狂三加深了笑意，彈了一個響指。

「嗚喔……！」

下一瞬間，士道感受到一股奇妙飄浮感的同時，從「影子」裡返回原本所在的五河家客廳。

「——哥，哥哥？」

「！喔……喔喔……什麼事，琴里？」

突然聽見有人呼喚自己，士道急忙回應。於是，琴里一臉不滿地嘆息道：「真是的。」

「我從剛才就一直在叫你，別不理人啦～」

「抱……抱歉。我在想事情。」

「真是的。電燈還是打不開嗎？」

「嗯……看來暫時是開不了燈了。」

士道一邊說一邊走到暖桌前，這次則是傳來了折紙的聲音。

「如果是電燈故障的話，我來檢查看看。若是大規模停電，就到我房間。我房間有緊急用發電機。」

「……該怎麼說，真不愧是折紙呢。老實說平常我很怕妳，但這種時候妳卻顯得很可靠。」

七罪發出帶有幾分傻眼與期望的聲音說道。不過，士道卻搖了搖頭。

「——大家，繼續吃暗黑火鍋吧。」

在漆黑的客廳裡，其他人應該看不見士道的表情……但他的話語似乎傳達出非比尋常的氣息。黑暗中傳來精靈們納悶地吞嚥口水或是嘆息的聲音。

「汝在說什麼啊，士道？吾之眷屬十香可是承受不了混沌的黑暗而昏倒了喔。汝竟然還要挑戰此等黑暗……未免太過有勇無謀了吧。」

「同意。太危險了。」

「……我知道。不過，拜託妳們。詳細情形我無法透露……但現在只能這麼做。」

「…………」

士道真心誠意地懇求後，精靈們思考片刻，然後嘆了一口氣。

緊接著傳來布料摩擦的聲音。宛如——沒錯，就像是在替換綁頭髮的緞帶。

「——好吧。雖然不清楚狀況，但既然士道都這麼說了，應該有什麼理由。我就奉陪吧。」

如此說的人是琴里。她的聲音與剛才悠閒的語調不同，而是帶有緊張感的聲音。是施加強烈的思維模式而轉變的司令官模式。

於是，其他精靈也相繼表示同意。

「哼……也罷。吾乃八舞。黑暗不足為懼，而是必須支配。」

「如果士道希望。」

「大家……」

士道微微低下頭後，像是重新振作般抬起頭。

「好……那就再次開始品嚐吧。接下來輪到琴里了吧。」

「是啊。那我就開動啦。」

琴里回應士道，將火鍋盛到碗裡。她的聲音聽起來頗為冷靜。

「琴……琴里，妳要小心一點喔。」

「用不著那麼擔心啦。十香的確昏倒了沒錯，但之前大家吃的時候不也沒問題嗎？況且，要是真吃到什麼奇怪的料，馬上像這樣喝湯來中和嘔噁！」

琴里如此說道，以碗就口啜飲湯汁的瞬間，發出分不出是慘叫還是痛苦的聲音，當場倒地。

隨便扔下的碗撞擊暖桌，發出低沉的聲音。

「琴里！」

「啊，啊呃呃呃呃呃……」

士道呼喚琴里後，便隱約在黑暗中看見琴里的輪廓抽搐的模樣。

「什麼……！」

「琴里竟然一擊就……！」

「動搖。琴里應該還沒吃下火鍋料才對。」

面對那個剛強的琴里突然被擊敗，忐忑不安的情緒在精靈們之間逐漸蔓延。

這時，疑似七罪的黑影靠近火鍋的方向，「唔！」地屏住了呼吸。

「……這跟剛才的湯頭味道有點不一樣啊……」

「妳說什麼……？」

聽見這句話，士道也一樣將臉湊近火鍋——然後皺起臉來。

「這……這個臭味是怎麼回事啊……」

正如七罪所說，士道費心熬煮的昆布高湯變成了不知為何物的液體。光是將臉湊近火鍋上方，就臭得刺痛眼睛。硬要形容的話，味道跟士道過去在折紙家喝到（折紙堅決主張）的外國茶十分相似。

「——呵呵呵，看來十香之前在攪拌火鍋的時候，把我的幾樣火鍋料溶化到湯汁裡了呢。」

狂三在士道的耳邊低聲說道。士道抖了一下肩膀。看來她又再次從影子中現身。

「妳……妳說什麼……？」

士道發出染上絕望的聲音。這也難怪。畢竟火鍋的湯頭本身已經化為凶器。這下子，別說用湯頭來中和狂三的食材了，甚至有可能侵蝕普通的食材。

話雖如此，也無法就此中斷。士道一臉不甘地咬牙切齒，呻吟般從喉嚨擠出聲音：

「沒辦法了……大家，盡量不要喝湯，只吃火鍋料就好。動作快！不快點的話，湯汁會滲進無害的食材！」

「……知……知道了……」

回答士道的是排在琴里之後，輪到她吃火鍋的七罪。她雖然發出微微顫抖的聲音，還是下定決心似的將火鍋盛到碗裡，嚥了一口並非因為食欲而是因為緊張才分泌出來的口水，將分裝到碗裡的火鍋料放入口中。

「嗯唔……？這是什麼？感覺滑溜溜的，像是水果！咳咳、咳咳、咳咳！」

咬了一口火鍋料後，七罪立刻劇烈咳嗽。

「啊！啊啊啊啊啊啊啊！」

然後嘴巴大張，發出慘叫。看見她那非比尋常的模樣，士道有些困惑地皺起眉頭。

「七……七罪！妳怎麼了！」

「好……好辣！水！水！」

七罪大喊，將手中的碗裡裝的湯汁一飲而盡。那個——一口就擊潰琴里的湯汁。

「啊唔……！」

下一瞬間，七罪和琴里一樣，呼吸困難地「咚」一聲倒在地上。

「七罪！」

「哎呀、哎呀……看來她是吃到卡羅萊納死神辣椒了呢。」

狂三笑道。聽見這陌生的單字，士道歪了歪頭。

「卡羅……什麼東西？」

「卡羅萊納死神辣椒。你知道哈瓦那辣椒嗎？」

「……喔喔，就是那個辣死人的辣椒吧？」

「卡羅萊納死神辣椒的辣度大概是哈瓦那辣椒的十倍吧。」

「妳是想殺人嗎！」

士道不由自主地發出高八度的聲音，隨後回過神來觀察精靈們的反應。大家看見七罪昏倒後，陷入一片騷動，發出聲音說話，因此似乎沒發現士道的舉動。

「呵呵呵，你要是說話太大聲，可是會被發現喲。好了……接下來輪到你吃了吧？」

「唔……」

聽見狂三說的話，士道感覺有些呼吸困難，隨後像是要打起精神似的深深呼吸了一口氣，拿起湯勺和碗。

這是已經將三名精靈擊沉在暖桌邊的魔鍋，說不害怕是騙人的。

不過，既然有相信士道說的話而願意吃下火鍋的琴里等人在場，他就不能臨陣脫逃。士道等怦通怦通劇烈跳動的心臟平緩下來後，將湯勺伸進火鍋中盛起內容物，移至自己的碗裡。

沉甸甸的重量引發討厭的想像。不過一旦撈起的東西，絕對不能放回鍋裡。士道拿起筷子後，雙手合十。

「我……我要開動了。唔……！」

擊潰琴里和七罪的高湯臭味對鼻腔和淚腺發動地毯式轟炸。不過……只要不直接喝下去，勉強還能忍受。士道停止呼吸，下定決心將筷子伸進碗裡。

然而——

「……嗯？」

當他用筷子夾起裝到碗中的神祕食材，輕輕搖晃讓湯汁滴下後，皺起了眉頭。

從士道用湯勺撈起來的時候開始就覺得有哪裡不對勁了。但是像這樣用筷子接觸後，那種異樣的感覺更是強烈。

明顯無法一口塞進嘴裡的大型物體。可能是吸飽湯汁的關係，沉甸甸的，甚至有種想要把士道的筷子拉進碗裡的錯覺。

乍看之下還以為是魚板之類的東西，然而……並非如此。即使想將它切成一口大小，它也只是黏稠地糾纏在筷子上，完全切不斷。

宛如——沒錯，就像布一樣的觸感。

「喂、喂……該不會有人弄錯，把手帕丟進火鍋裡了吧？」

士道有些困惑地說著，吹涼食材後，用雙手拎起來。

黑暗中隱約分辨得出輪廓。它的輪廓並非想像中的四角形，反而是三角形——

「……這不是內褲嗎！」

察覺到那個食材（？）的真面目後，士道不禁大叫出聲。

沒錯。放進火鍋裡的，無庸置疑是女性的內褲。

若是手帕倒也就罷了，這種東西怎麼可能不小心加進火鍋。他萬萬沒想到火鍋裡會放入這種東西。士道急忙望向狂三的方向，壓低聲音說道：

「……喂！妳不是說沒放不能吃的東西嗎！」

「是呀，絕無二話。」

「騙誰啊，那這個是——」

士道話說到一半，黑暗中傳來折紙的聲音。

「好高興。我一直相信是士道會撈到。」

「原來是妳喔！」

士道發出哀號後，將手上的內褲甩到暖桌的桌面上。說到這裡……他倒是真的忘了，現場除了狂三以外，還有一位必須警戒的人物。

「我不是說過不可以放不能吃的東西嗎！為什麼要放內褲這種東西……」

「那是百分之百純絲質的。就成分而言是可食用的東西。」

折紙淡淡地回答。

聽見她那自信滿滿的語氣，士道差點就被她說服了。但他立刻搖了搖頭，改變心意。

「不……不、不……照妳這麼說的話，那樹皮跟皮鞋不也能食用了嗎？我說的終究是常識範圍內的東西……」

「如果是士道你的內褲，我可以吃。從這件事可以判斷出內褲是食物。證明完畢。」

「不要隨便證明完畢啦！」

士道怒吼了一陣子後，一副疲憊的樣子唉聲嘆了一口氣。

「……妳沒有放其他奇怪的東西進去吧？」

「當然。剩下的，我只放了內衣而已。」

「還說沒有！」

「咦！還有嗎！人……人家也可以挑戰看看嗎！」

「美九妳閉嘴，別來湊熱鬧了！」

士道嚴厲教訓突然躍躍欲試的美九。順帶一提，耶俱矢的反應是傻眼，夕弦的反應則是感動地說：「讚嘆。真不愧是折紙大師。」……士道心想待會兒得嚴格叮嚀她不要模仿這種行為。

於是，狂三再次輕聲低喃：

「呵呵呵……既然都放了不可食用的東西，這一輪就特別讓你過關吧。」

「……那還真是感謝妳的大恩大德啊。」

士道露出極其複雜的表情如此回答。但多虧了折紙的內褲，才免於吃到狂三的特選素材，這一點是不爭的事實。士道在心中不情願地道謝後，想起下一棒的精靈。

「……這麼說來，我是最後一個，這樣就輪完一輪了吧。可以的話，我希望就此結束……」

「當然是……不行呀。你必須奉陪到我滿足為止。」

耳邊傳來狂三的呢喃聲打斷士道說話。果不其然，狂三似乎不肯就此罷休。

「……如此一來，接下來就輪回四糸乃──」

就在這個時候，士道想起某件事，止住了話語。

順序的確是輪完了一圈沒錯，但這裡還有另一個在火鍋裡加入食材的參加者。

「……我說，狂三，把食材放入火鍋，就表示妳也參加了暗黑火鍋這個活動吧？明明是參加者……妳該不會只放入食材，卻不想吃火鍋吧？」

士道以大家聽不到的細小聲音，像是挑釁狂三似的說道。

沒錯。在暗黑火鍋中加入許多最危險食材的狂三一次都還沒品嚐火鍋。

話雖如此，士道並不打算逼狂三吃火鍋。只要她害怕自己所製造出來的瘋狂怪物，嚇得逃走就好。

只要狂三占有靈力和黑暗這兩個絕對優勢，使用這個手段就很危險。不過，狂三的自尊心特別強，應該會對違反規則，繼續「玩耍」感到抗拒吧。

然而——

「你說的有道理。那我也來品嚐暗黑火鍋吧。」

狂三若無其事地如此說完，便拿起湯勺開始盛火鍋。

「咦？」

士道對這出乎意料的反應目瞪口呆。因為他萬萬沒想到狂三會那麼率直地答應他的要求。

莫非她戴了夜視鏡，在黑暗之中也能看清火鍋的內容？還是說，她有自信即使吃下那火辣的高湯和刺激性的食材，也能平安無事——

「……噫——」

正當士道想著這種事情的時候，黑暗中傳來輕聲哀號。緊接著響起好幾道與其相同的聲音。

「不行、不行，我吃不下去……！」

「有什麼辦法呀。士道說的有道理，要是『我』不吃，如何作表率？」

「請忍耐。勝利往往伴隨著犧牲。」

「這是……唔咕！『我』也真是撈到了超級大炸彈呢。是包了滿滿甘草糖的油豆腐包。」

聽見這句話的同時，也傳來狂三「噫」的一聲懼怕的聲音。

甘草糖……好像是北歐地區才會吃的一種糖果，據說被稱為「世界最難吃的糖果」、「橡膠味」、「阿摩尼亞的化身」。

「噫……！咳咳！咳咳、咳咳、咳咳！」

隔壁傳來痛苦的聲音，接著則是有人當場倒地的聲響。聽見突如其來的巨大聲響，剩下的精靈們表現出忐忑不安的情緒。

「剛……剛才的聲音……是誰？」

「咦！沒有人吃火鍋吧？是……是幽靈嗎？」

「這……這個嘛……」

士道不知道該怎麼回答，結果耳邊再次響起冰冷的聲音：

「——呵呵呵，好了，這下你滿意了吧？繼續輪流吧？」

無庸置疑是剛才理應昏倒的狂三。

士道困惑得皺起眉頭，將注意力集中在剛才有人倒地的方向。

結果，那裡仍舊散發出有人存在的氣息，而且還傳出宛如作惡夢的微弱痛苦聲與「嗚……嗚嗚……嗚嗚嗚……」的啜泣聲。

於是，士道想起狂三好像能利用天使的能力，製造出無數從自己過去截取出來的分身。那的確也是「狂三」沒錯……

「……狂三，妳該不會讓妳的分身去吃——」

「好了，接著繼續吧。」

狂三無視士道提出的疑問，催促他繼續執行活動。

地獄暗黑火鍋第二輪——揭開序幕。

◇

經過二十分鐘後。

五河家的客廳呈現出屍橫遍野的光景。

當然，四周一片漆黑。雖說眼睛應適了某種程度的黑暗，但還無法清楚看見房間的全貌。

不過，躺在地板上的黑影發出斷斷續續的痛苦呻吟與啜泣聲，令人感覺這個空間就像是專門收容重傷者的野戰醫院，或是聚集無數對這個世界戀戀不捨的幽靈的古戰場。

輪了三輪暗黑火鍋。士道雖然奇蹟般撈到安全的火鍋料，但隨著時間變得越來越濃的湯汁風味確確實實地侵蝕他的身體。

「唔……唔……」

順帶一提，現在除了士道和狂三，還保持意識的只有坐在暖桌對面的折紙一人。四糸乃和七罪一樣，被超辣辣椒的湯汁擊沉，夕弦則是被包在油豆腐包裡的甘草糖奪走了意識。耶俱矢被自己加進去的鹹魚乾擊敗，至於美九則是在說完：「人家來照顧昏倒的女生！」站起來後，絆到暖桌的電線，頭撞到柱子而昏倒。

除此之外，士道和狂三的周圍還有數名長得與狂三十分相像，發出嗚咽和啜泣聲的人影……不過那又是題外話了。

「呵呵……不愧是折紙，這點小小的刺激打不倒妳呢。士道也是，比想像中還要幸運跟有意志力。」

「……唔，那還真是……光榮呢……」

士道抑制著急促的呼吸，回答如此呢喃的狂三。這時，暖桌對面正好響起餐具碰撞的聲音。

「……輪到……我了。」

折紙發出微微顫抖的聲音如此說完，將火鍋盛進自己的碗裡。

折紙與至今為止都幸運沒「中獎」的士道不同，撈到了兩次狂三扔進火鍋裡的嚴選食材。雖然她以強韌的忍耐力好不容易撐到現在，但身體受損的程度似乎還是很嚴重。

「……！」

這時傳來折紙將火鍋料含進嘴裡的聲音，下一瞬間，折紙的剪影便倒向後方。

「折——折紙！」

士道不由得大叫出聲。沒想到一路忍受暗黑火鍋到這裡的折紙會倒下，果然是累積的傷害超過身體負荷了吧。還是說——她吃到了強勁到令她昏倒的食材？

正當士道全身打哆嗦時，折紙昏倒的方向傳來既非痛苦也非哭泣的聲音……若要比喻，就像是小狗向主人撒嬌的聲音。

「……咕嗚嗚……」

「怎……怎麼回事……？」

士道露出困惑的表情，於是耳邊傳來狂三嘻嘻嗤笑的聲音。

「哎呀、哎呀，看來是撈到那個東西了呢。」

「那個東西……？」

「是呀。剛才從你房間採集來的你的內褲。」

「妳放什麼東西進去啊！話說，這又不是食材！」

即使士道大喊，狂三一點也不感到歉疚，只是笑得非常開心。

「哎呀，不是折紙剛才自己說可以吃的嗎？呵呵呵，想不到那麼刺激的食材都忍受過來的折紙，竟然會落敗……難怪人家說硬的不行就來軟的。」

說完，狂三「嗯嗯……」地伸了一個懶腰後，一臉滿足地吐了一口氣。

「好了，看來大家也都入睡了，我也差不多該告辭了。不過，如果你想繼續吃到只剩我和你其中一個人，也是可以喲。我這邊還有許多預備的胃可以吃。」

「什麼……！」

聽見狂三的提議，士道不禁頓住了話語。瞬間，不知為何，他感覺躺在周圍的一部分人影似乎抖了一下。

狂三像是沒發現這幅情景，呵呵笑道：

「呵呵呵，我開玩笑的啦。我玩得很開心喲，士道。下次再一起玩吧。」

「……我可是敬謝不敏。」

「哎呀、哎呀，真是冷淡呢。」

士道瞇起眼睛說完，狂三便輕聲如此笑道。

然後當場站起身，打算離去。

不過，下一瞬間──

「……請……等一下……」

地板的方向傳來這樣的聲音，隨後躺在那裡的人影突然一把抓住狂三的腳。

「……哎呀？」

狂三一臉疑惑地歪了歪頭。於是，蹲在周圍的三道影子同時站了起來。

「打算跑哪兒去啊……『我』……」

「『我』還有事情沒做吧……？」

「……只有『我』們享用晚餐，『我』們可不敢當啊。得讓『我』也品嚐品嚐才行。」

「噫……！」

聽見接二連三響起與自己相同的聲音，狂三屏住了呼吸。

「品……品嚐什麼……！」

人影糾纏住狂三，制住她的行動。於是，剩下的另一個人影將剩下的火鍋倒滿整個碗，緩緩走向狂三。

「來……盡量吃吧，『我』。不需要客氣喲。」

「這是……呵呵，十香丟進去的黃豆粉麵包吧。」

「哎呀，這應該吸了許多美味的湯汁吧。」

分身打開狂三的嘴巴，將釋放異臭的火鍋料湊近她的嘴。

「啊……不要，呀……呀啊啊啊啊啊啊啊！」

狂三震耳欲聾的慘叫聲響徹整間漆黑的客廳。

「喂、喂，狂三──」

聽見那非比尋常的叫聲，士道打算出聲關切。下一瞬間，房間的電燈突然打開，照亮至今被黑暗籠罩的客廳。

「哇！」

突如其來的光線令士道不禁遮住眼睛。數秒後，他慢慢睜開眼……狂三的身影卻已消失。

擴展在眼前的，反而是渾身無力癱倒在地的精靈們的身影。看見那猶如戰場的光景，士道的臉頰不禁流下汗水。

「這……這到底是什麼樣的情景啊……」

士道一臉困惑地皺起眉頭後，還是先著手照顧大家。

◇

「嗚……嗚嗚……」

狂三蹲在黑暗的影子中，摀住嘴巴。

「哎呀、哎呀，真是難受啊……」

「水拿去，『我』。」

「狂三」撫摸著狂三的背，另一個「狂三」則是將水遞給狂三。

狂三伸出微微顫抖的手接過水後，一飲而盡。

「呼……！呼……！」

然後氣喘吁吁，搖搖晃晃地當場站起來。不過嘴裡還殘留著宛如發炎的刺痛感，以及每次呼吸都會飄散出來的刺激臭味。

……不過，那也是理所當然的事。畢竟十香的黃豆粉麵包是濃縮狂三扔進食材的精華於一身的食物。被強迫吃下這種東西，不可能平安無事。其他分身因為躲進影子裡倒還好，就連狂三也差點一瞬間失去意識。

「真……真是……活受罪了……」

狂三呼吸急促地如此說道。於是，分身們溫柔地撫摸著她的背回答：

「哎呀、哎呀。不過，『我』也有錯喔。逼『我』們實際吃下暗黑火鍋。」

「就是說呀。也想想那些『我』們的心情嘛。」

「……唔。」

狂三發出痛苦的呻吟，於是這次換其他分身高聲說道：

「可是，『我』也能理解『我』的心情。因為『我』也想跟士道玩耍呀。」

「是啊，既然如此，更坦率地拜託他不就好了嗎？」

「做不到的啦。那可是『我』耶。」

「啊──」

「幹嘛擅自認同啊！『我』才沒有……唔……唔噗！」

狂三忍不住大聲回應分身們的對話──卻因為一湧而上的嘔吐感而摀住嘴巴。

「啊啊！請冷靜一點。」

「來，再喝一杯水吧。」

「嗚嗚……」

狂三被分身撫摸著背，在心中發誓再也不碰暗黑火鍋。

後記

好久不見，我是橘公司。為您獻上《約會大作戰　安可短篇集5》。各位覺得如何呢？如果各位讀者喜歡本書，將是我莫大的榮幸。

《安可短篇集》也已經出版到第五集了。書衣是八舞姊妹。†颶風皇女†穿便服的模樣終於登上封面。

順帶一提，我在書衣摺口的作者簡介中也有寫到，這本《安可5》正好是橘公司我第三十本著作。哇！拍手拍手！雖然也把《約會大作戰DATE A LIVE 官方極祕解說集》算進去，但那有一半以上是小說，所以就算一本吧！

這全是多虧了各位讀者的支持。我今後也會繼續努力，所以還請各位多多關照。

好了，接下來要開始《安可》慣例的各話解說。內容多多少少會提及故事情節，還沒閱讀短篇故事的讀者請小心踩雷。

○諮詢大師折紙

睽違已久的折紙短篇，假裝是寫折紙，其實是另一個折紙的短篇（好哲學）。

這是在第十一集成功改變歷史後的〈惡魔〉折紙的短篇故事。看起來像天使，卻是〈惡魔〉，這是怎麼回事呢？

〈惡魔〉折紙只有在本篇第十一集左右出現過短短篇幅，但我其實很喜歡顯露出〈惡魔〉屬性的折紙。尤其是她想要抵抗內心衝動，卻抵抗失敗的部分。內心有另一個自己，偶爾會操控自己的行為之類的，既中二又帥氣，對吧。另一個我，一定是由金字塔形的拼板組成的。最後必須用卡片來決一勝負。我覺得我贏不了另一個我。

○假日令音

揭露令音神祕的私生活！的短篇。於是就變成調查令音休假的故事。整體的感覺就像稻草富翁。不同的點在於，大部分的事件都是靠本人的技能解決的。

其實，在這個故事之前，我還試著寫了一個讓令音去相親的故事，但不怎麼滿意，所以沒採用。但點子本身是不錯的，之後有機會的話，我想再重新修改一遍。但我個人比較想寫小珠老師和令音一起去參加相親聯誼活動。

○迷失銀白世界

由於《約會大作戰DATE A LIVE》是從春季開始展開的故事，出版那麼多集，終於能夠描寫冬天的故事。所以難得有這個機會，就讓他們到雪山。然後啊，大家一起到雪山，怎麼可能不遇難嘛（偏見）。

我記得以前在店鋪特典中，有寫過士道和折紙遇難的小故事，這就像是終於能延續那篇小故事，寫成短篇的感覺。而且，經過幾年的時間，折紙還得到了夕弦和美九這兩位強力的同伴。這就是友情的力量嗎？士道的貞操危險啦。

○殺人魔銀白之夜

銀白世界的後篇。在外頭颳暴風雪的別墅內，怎麼可能不發生殺人事件（偏見）。雪山就是這麼充滿偏見的地方。責編在電話裡說：「恐怖驚魂夜！恐怖驚魂夜！（語氣就像一步施展輪〇位移時的感覺）」騙你們的。

插畫是十香渾身是血倒在地上這種衝擊性的畫面，但畫在她身後的精靈們穿居家服的模樣，也是一大看點。七罪的南瓜褲太可愛了，害我想要多增加一點他們穿便服的畫面。

○精靈打雪仗

地點變回天宮市。正如篇名所示，是大家一起打雪仗的故事。雖然是用猜拳來決定分組，但在迷失銀白世界短篇時遇難的三人竟然分在同一隊。偶然真是可怕呢。順帶一提，我默默地喜歡他們各自取的隊名。「白雪軍團」……這名字究竟是誰取的呢？超酷的。

另外，七罪奪取旗子那一幕的插畫裡所畫的雪人也很可愛。疑似是四糸乃她們做的兔耳朵雪人，和顯然是耶俱矢裝飾的「雪王零式」都畫得很有味道。順帶一提，我完全沒有指定要畫出什麼樣的插畫。在這種小細節就可以看出つなこ老師的好品味。

○精靈暗物質

這次的短篇集連續寫了迷失銀白世界、殺人魔銀白之夜和精靈打雪仗這三篇冬季的故事，所以我決定新寫的短篇也要限定冬天才會出現的主題，因此便寫了暗黑火鍋。為何？

說到暗黑就想到她，所以最近很少出現的那位人物也會登場。雖然故事中沒有描寫出來，但一想到她在暖桌裡偷偷把大家的紙條掉包，或是努力準備放進火鍋的火鍋料的畫面，就令人會心一笑。大概會一邊說著：「嗚嗚……好臭……好臭啊……」一邊包餃子吧（※純屬個人想像）。

最後，本書這次依然在多方人士的幫忙之下才得以完成。

負責插畫的つなこ老師、責任編輯、美編草野、編輯部和營業部的各位、出版、通路、販賣等相關人員，以及現在拿起這本書閱讀的各位讀者，真的非常謝謝你們。

那麼，期待下次再相會。

二〇一六年三月　橘　公司

Kadokawa Light Novels

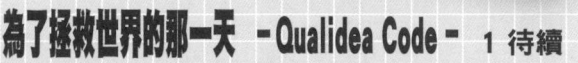

為了拯救世界的那一天 －Qualidea Code－ 1 待續

Kadokawa Fantastic Novels

作者：橘公司（Speakeasy） 插畫：はいむらきよたか

為了暗殺身為人類希望的少女，
少年展開了調查行動!?

西元二〇四九年，人類與突然現身的神祕敵人〈UNKNOWN〉開始無止境的戰爭。紫乃宮晶轉學至防衛都市之一——神奈川的學園，目的是暗殺神奈川排行第一的天河舞姬。為了了解舞姬的一切，紫乃的觀察行動開始了!?新世代Boy Stalking Girl！

NT$220/HK$68

台灣角川

29歲單身漢在異世界
想自由生活卻事與願違!? 1 待續

作者：リュート　插畫：桑島黎音

網路人氣爆表的主角威能系小說！
獲得犯規能力，每場冒險都充滿LOVE LOVE危機！

三葉大志是個將邁入三十歲的大叔，身材肥胖的約聘員工……這樣的他回過神時，卻身處在不管怎麼看都是奇幻世界城塞都市的地方。暫時先接受現況的他，決定利用可以說是犯規的能力，以冒險者的身分活下去。豈料同為冒險者的少女瑪爾竟投懷送抱……

Kadokawa Light Novels

瓦爾哈拉的晚餐 1 待續

Kadokawa Fantastic Novels

作者：三鏡一敏　插畫：ファルまろ

第22屆電擊小說大賞「金賞」得獎作品！
以諸神的廚房為舞臺的「輕神話」奇幻作品登場！

每到晚餐時間，神界的廚房「瓦爾哈拉廚房」總是非常忙碌！我，會說話的山豬賽伊，受到奧丁陛下欽點前來這裡幫忙——作為被烹調的那一方就是了！唉，我是擁有不可思議的力量，能一天復活一次，但這樣就要我每天死掉變成餐點，不覺得太過分了嗎……

Kadokawa Light Novels

為美好的世界獻上祝福！外傳

找面具惡魔指點迷津！

Kadokawa Fantastic Novels

作者：暁なつめ　插畫：三嶋くろね

「歡迎來到諮詢處，迷惘的女孩啊！
不用客氣，無論任何煩惱都可以對吾吐露。」

低調座落於阿克塞爾的「維茲魔道具店」受到沒用老闆維茲拖累，一直處於經營困難的狀態。於是，本為魔王軍幹部又是地獄公爵，現在則是個打工人員的巴尼爾，打算以「預見未來」為冒險者提供諮詢服務好賺取報酬——巴尼爾與維茲的邂逅也終於揭曉！

NT$230/HK$70

台灣角川

未踏召喚://鮮血印記 1~2 待續

Kadokawa Fantastic Novels

作者：鎌池和馬　插畫：依河和希

在雨夜聽見校園響起扭曲的鐘聲，
那便是「雨中少女」現身的前兆——

城山恭介連「比眾神更高次元的存在」都能召喚，卻有唯一致命弱點——「救我……現在立刻救我吧！」那就是少女發自靈魂深處的慟哭。當恭介聽見同班的圖書委員說出這句話時，便和她締結契約，藉此保護她不受「雨中少女」——已逝姊姊的鬼魂侵害……

台灣角川

各 NT$250~280/HK$75~78

國家圖書館出版品預行編目資料

約會大作戰DATE A LIVE安可短篇集 / 橘公司作
; Q太郎譯. -- 初版. -- 臺北市 : 臺灣角川,
2017.01-
冊 ;　公分
譯自 : デート・ア・ライブ アンコール
ISBN978-986-473-480-1(第5冊 : 平裝)

861.57　　105022788

Kadokawa
Fantastic
Novels

約會大作戰DATE A LIVE 安可短篇集 5

（原著名：デート・ア・ライブ　アンコール 5）

2017年2月2日　初版第1刷發行

作　者：橘公司
插　畫：つなこ
譯　者：Q太郎

發行人：成田聖
總編輯：蔡佩芬
主　編：吳欣怡
文字編輯：孫千棻
資深設計指導：黃珮君
美術設計：吳佳昫
印　務：李明修（主任）、張加恩、黎宇凡、潘尚琪

發行所：台灣角川股份有限公司
地　址：105台北市光復北路11巷44號5樓
電　話：（02）2747-2433
傳　真：（02）2747-2558
網　址：http://www.kadokawa.com.tw
劃撥帳戶：台灣角川股份有限公司
劃撥帳號：19487412
法律顧問：寰瀛法律事務所
製　版：巨茂科技印刷有限公司
ISBN：978-986-473-480-1
香港代理：香港角川有限公司
地　址：香港新界葵涌興芳路223號
新都會廣場第2座17樓 1701-02A室
電　話：（852）3653-2888